나쁜 엄마

나쁜엄마

초판 1쇄 발행 2015년 6월 5일
초판 6쇄 발행 2022년 6월 21일

지은이 박성경
펴낸이 이광호
펴낸곳 ㈜문학과지성사
등록번호 제1993-000098호
주소 04034 서울 마포구 잔다리로7길 18(서교동 377-20)
전화 02) 338-7224
팩스 02) 323-4180(편집) / 02) 338-7221(영업)
전자우편 moonji@moonji.com
홈페이지 www.moonji.com

© 박성경, 2015. Printed in Seoul, Korea

ISBN 978-89-320-2752-4 43810

이 도서의 국립중앙도서관 출판예정도서목록(CIP)은 서지정보유통지원시스템 홈페이지(http://seoji.nl.go.kr)와
국가자료공동목록시스템(http://www.nl.go.kr/kolisnet)에서 이용하실 수 있습니다.
(CIP제어번호: CIP2015012928)

나쁜 엄마

박성경 장편소설

문학과지성사

2015

모든 순간이 다아 꽃봉오리인 것을

—정현종,「모든 순간이 꽃봉오리인 것을」

차례

세 가지 소원

이 세상엔 절대로 행복해질 수 없는 부류의 인간들이 있다.

자식을 잃은 엄마.

자식을 버린 엄마―참으로 나쁜 엄마다.

그리고 나쁜 엄마의 자식.

그런 의미에서 엄마와 나는 절대로 행복해질 수 없다. 우리 엄마는 나쁜 엄마고, 나는 나쁜 엄마의 자식이니까.

하지만 행복해질 수 없는 부류의 인간이라 하더라도 소원을 갖지 말란 법은 없다. 내가 세상을 기억할 만한 나이에, 그러니까 아주 오래전부터 내겐 세 가지 소원이 있었다. 내 소원은 지극히 평범하다.

아버지.

쿠키 굽는 엄마.

예쁜 여친.

누가 봐도 너무나 평범한 소원이다. 하지만 내게 '평범'이란 단어는 오르지도 쳐다보지도 못할 나무와도 같다. 평생 도달할 수 없는 그 어떤 곳. 가보지 못할 파라다이스.

평범한 고딩인 내가 이 세 가지 소원을 갖게 된 배경에 대해 말해주고 싶다.

내 이름은 지환이며 고2다. 엄마 이름은 지연옥이고 서른여섯 살의 미혼모다. 나는 지옥과 연옥 사이에서 태어났다. 아버지에 대해 전혀 아는 바가 없어서 하는 말이다. 차라리 엄마 이름이 하늘이었다면 더 좋았을 것이다. 하늘에서 뚝 떨어지는 게 나을 뻔했으니까.

나는 어릴 적부터 엄마에게 종종 아버지에 대해 물었다. 물론 한 치의 거짓 없는 대답을 원한 질문이었다. 하지만 내 바람과는 달리 엄마는 속 시원하게 답해준 적이 한 번도 없다. 엄마는 마치 빚쟁이를 따돌리는 상습적인 불량 연체자처럼 내 질문을 요리조리 피해 다녔다.

나는 초딩이 되자마자 아버지의 이름을 물었다. 초딩이 된다는 건 학교란 사회에 첫발을 내딛는 것이고, 사회 초년병의 질문이란 무시할 수 없는 거니까. 내겐 정말로 중요한 질문이었지만 엄마에게 특별한 질문은 아니었다. 그런데 엄마는 꽤나 튕겼다. 소개팅에 나가 흔히 묻는 것을 물었을 뿐인데 말이다.

엄마는 내게 아버지의 이름을 알려줄 수 없다고 했다. 누군가의 이름을 알게 되면 그때부터 아주 힘들어진다며 고개를 저었다. 그건 그에게로 날아가서 꽃이 되거나 그가 내게로 날아와서 꽃이 되는 일이라고 했다. 서로에게 꽃이 된다는 건 그때부터 감당하기 힘든 어마어마한 신세계가 열리는 일이라고 했다. 나와 아버지는 애당초 서로에게 꽃이 되기는 글러먹은 관계라고. 그러니 관심을 끄는 게 나을 거라고 충고했다.

엄마는 평소와 다르게 무게를 잡으며 이 말을 했다. 그래서 나는 혹시 엄마가 아버지의 이름을 몰라서 저러는 게 아닐까 생각했다. 그것은 엄마도 아버지가 누군지 모른다는 뜻과 같았기 때문에 이 생각은 한동안 내 마음을 아프게 했다.

그래도 나는 포기하지 않고 수시로 아버지에 대해 물었다. 사람의 생각이란 변하기 마련이고, 따라서 똑같은 질문에도 다른 대답이 나올 수 있는 거니까.

엄마에게서 곧바로 이런 대답이 돌아왔다.

"어떤 철학자가 그러더라. 인간의 본질은 질문의 형태를 취하기 때문에 질문 자체가 이미 하나의 해답이래. 그래서 네가 답을 알 거라 생각해."

평소 내가 아버지에 대해 질문할 걸 대비해 미리 답을 준비해놓은 것 같았다. 준비된 대답은 바꾸기 힘들겠단 생각이 들었다. 몸무게나 잠버릇, 신발 사이즈를 물어봐도 엄마는 이렇게 답할 사람이었다.

한번은 전략을 바꾸어 협박에 가까운 질문을 해보았다. 직접적이고 단순하면서 엄마를 찔리게 만드는 그런 질문.

"난 왜 아빠가 없어?"

"아빠 없는 애들도 있어."

"우리 반 애들은 다 있어."

"니네 반 애들이 전부 영어 과외한다고 너도 따라 할래? 영어 과외를 일부러 받지 않는 애들도 있는 거야."

내가 생각해도 정곡을 찌르는 질문이었지만 엄만 누가 들어도 궁색한 변명을 했다. 난 영어 과외를 일부러 받지 않는 것이 아니라, 받고 싶어도 못 받는 거니까.

엄마의 전략은 틀린 것 같았다. 엄마가 알려주지 않으니까 호기심이 생겼다. 태어나서 지금껏 한 번도 가져보지 못했기 때문에 아버지에 대한 욕심이 생겼다. 아버지의 이름을 몰라서 부를 수가 없기 때문에 그리움이 생겼다. 그래서 아버지는 나의 세 가지 소원 목록 중 제1호가 되었다.

내게 아버지가 있다면 함께 할 게 너무 많아서 상상만 해도 신이 난다. 아버지와 여의도 공원에서 자전거를 탈 수도 있고, 밤낚시를 따라나설 수도 있을 것이다.

아버지와 자전거를 타면서 내친김에 자전거 여행을 제안해볼 수도 있겠다. 우리는 머리를 맞대고 지도를 펼쳐 평소 가보고 싶었던 곳에 동그라미 칠 것이다.

아버지가 낚싯대를 드리우면 나는 옆에 나란히 앉아 고기가 잡히길 기다릴 것이다. 기다리는 동안 아버지는 이제껏 살아오면서 아무에게도 해주지 않았던 비밀 이야기를 내 귀에 대고 가만가만 들려줄 것이다.

목욕탕에 가서 서로 등을 밀어주는 것도 재밌겠다. 뜨거운 탕 속에 머리를 넣고 누가 숨을 오래 참나 하는 게임도 아버지와 함께라면 할 수 있을 것 같다.

아직 내 여친은 아니지만 아버지에게 꼭 소개해주고 싶은 친구가 있다. 아버지에게 엄마가 모르는 여친이 있다면 비밀을 지켜줄 용의도 있다. 부자 사이엔 엄마가 모르는 비밀이란 게 한두 개쯤은 있게 마련이니까.

그러나 무엇보다도 아버지랑 가장 하고 싶은 것은 함께 북한산에 오르는 것이다. 땀을 뻘뻘 흘리며 손을 잡고 등도 밀어주면서 산에 오르는 것이다. 산 정상에 올라 힘껏 "야호!"를 외치는 것이다. 반대편에서 우리의 목소리가 합창의 메아리로 되돌아올 때 눈빛을 부딪치며 서로의 어깨를 툭, 쳐주는 것이다. 평범하다고? 내겐 파라다이스라니까.

나의 세 가지 소원 제2호는 쿠키 굽는 엄마다. 내가 일곱 살 때였다. 엄마를 따라 마트에 갔다. 마트의 세계는 황홀했다. 누구도 내게 천국을 설명해준 적은 없지만 모든 것이 갖춰져 있는 마트의 세계가 내겐 파라다이스로 여겨졌다.

엄마는 곧장 나를 서점 코너로 데려갔다. 그러곤 요리책을 보다가 갑자기 화장실에 다녀온다고 했다. 엄마는 내게 꼼짝 말고 그

자리에 있으라고 당부를 했다. 나는 알았다고 대답했다. 왠지 모를 불안감에 엄마를 붙잡고 싶어졌지만 여자 화장실까지 따라가긴 싫었다. 일곱 살 남자애치곤 조숙했던 것이다.

반대편 코너에서 형형색색의 입체북과 유아 도서들이 나를 향해 손짓하고 있었지만 엄마의 당부를 무시할 순 없었다. 나는 엄마가 내려놓은 요리책을 집어 들었다. 요리책엔 쿠키를 만드는 방법이 자세히 나와 있었다. 온갖 종류의 쿠키 사진들은 보기만 해도 멋있었다. 게다가 그 자리에서 종이를 찢어 먹고 싶을 만큼 맛있어 보였다.

요리책을 다 '볼' 때까지—나는 그 당시 한글을 배우는 과정이어서 거기 적힌 글자를 다 '읽'진 못하고 사진만 봤다—엄마는 오지 않았다. 그때까지도 엄마가 오지 않을 거란 생각은 하지 못했다. 오줌을 참으며 엄마를 기다리다 더 이상 참을 수 없을 정도로 방광이 꽉 차버렸을 때 불길한 예감이 스쳐갔다. 엄마가 안 올지도 모른다는 생각이 든 것이다. 고개를 젓는 순간—강한 부정의 의미로—내 목에 걸린 목걸이가 찰랑거렸다. 나는 목걸이에 우리 집과 엄마의 핸드폰 번호가 새겨져 있단 사실을 기억해냈다.

나는 마트의 계산원에게 다가가 목에 걸린 목걸이를 내보였다. 그리고 엄마에게 전화를 해달라고 부탁했다. 계산원이 깜짝 놀라 날 안내 데스크로 데리고 갔다. 그때 계산원의 표정은 내게 깊은 인상을 남겼다. 마치 삶은 계란이 통째로 목구멍으로 넘어간 것처럼 헉! 하고 숨 막힌다는 표정을 지어 보였으니까.

안내 데스크 직원이 침착하게 엄마에게 전화를 했다. 30분 뒤에 엄마가 사색이 되어 달려왔다. 엄마는 날 카시트에 태우며 변명했다.

"널 버리고 간 건 아니야. 까먹었어."

나는 울면서 카시트에 오줌을 쌌다. 아님 카시트에 오줌을 싸고 나서 울었나?

그때 난 사람들이 덜 몰려 있는 소량 계산대로 갔던 것 같다. 만일 즉시 안내 데스크로 갔다면 엄마가 조금 더 빨리 왔을지도 모른다. 그럼 카시트를 오줌으로 적시는 일은 없었을지도.

엄마가 나를 달랬다.

"나 가스 불 잠그는 거 잘 까먹잖아. 가스 불 잠그는 게 얼마나 중요한지 알면서도 말이야."

엄마의 표정이 너무 진지했기 때문에 나는 설득당했다. 비웃지 말길. 그때 난 겨우 일곱 살이었으니까.

고작 이 정도 가지고 엄마를 나쁜 엄마라 말하는 건 아니다. 엄마는 며칠 뒤—그것도 내 생일에!—보육원에 날 버렸다. 생일 전날도 아니고, 다음 날도 아닌 생일에 버리다니 너무하지 않은가. 엄마 말로는 맡긴 거라고 하지만. 이 문제에 있어선 엄마와 뚜렷한 견해차가 있다. 그래서 요즘도 가끔 이 문제로 엄마와 다툰다.

보육원에 버려진 뒤—엄마 말론 맡겨진 뒤—얼마 후 나는 자식이 없는 어떤 집에 입양되었다. 머리가 반들반들하게 벗겨진 의사의 집이었다. 대머리 의사 아저씨는 자길 아빠라고 부르라면서 매일 아침 사과 한 개를 주었다. 아저씨는 아침마다 사과를 하나씩 먹으면 건강해져서 평생 병원 갈 일이 없다고 했다. 그러면서 이 이야기는 비밀이니 어디 가서 하지 말라고 했다. 모든 사람들이 매일 아침마다 사과를 먹으면 병원 문을 닫게 된다는 것이다.

꿈에 그리던 아버지의 모습이 대머리라니. 대머리 아저씨를 차마 아빠라고 부를 순 없었다. 그래도 사과를 먹을 순 있었다. 대머리 아저씨의 부인도 자길 엄마라 부르라고 했지만 그건 더욱 안 될 말이었다. 내게는 엄연히 엄마가 있으니까. 나쁜 엄마라도 말이다.

그 집에서 사과 스무 개를 먹는 동안 나는 단 한 마디도 하지 않았다. 대머리 의사 아저씨와 부인은 이런 나에 대해 슬슬 힘겨워하고 있었다.

사과를 열아홉 개째 먹은 날 밤, 나는 부부가 하는 말을 들었다. 부인 쪽에서 먼저 참았던 말을 터뜨렸다.

"저 애 그냥 보내버릴까. 말도 안 하고 너무 답답해."

"그러게. 한마디도 안 하니까 정이 안 가네."

"아아, 엄마 소리 한번 들어보는 게 소원이었는데."

"여보, 내일 당장 돌려보내자. 그래도 우리 잘못은 아니야."

대머리 의사는 기다렸다는 듯 명쾌한 결론을 내렸다.

내가 그 집에서 사과를 스무 개째 먹은 날, 그러니까 보육원으로 다시 가야 할 날, 엄마가 날 찾으러 왔다. 대머리 아저씨 부인은 엄마에게 막 화를 냈다. 분명 나를 되돌려 보낼 작정을 했으면서도 엄마가 찾으러 오니까 내주지 않겠다고 박박 우겼다.

"이런 법이 어딨어요!"

엄마와 대머리 아저씨 부인은 날 가운데 놓고 실랑이를 벌였다. 내가 평소에 상상했던 그림은 엄마랑 아버지가 날 가운데 놓고 서로 키우겠다며 싸움을 하는 거였다. 엄마랑 아버지가 날 가운데 두고 핑퐁 게임을 하는 상상은 그다지 나쁜 그림은 아니었다. 적어도 나로 인해 싸우고 내 문제로 고민들은 하고 있다는 거니까.

하지만 현실은 엄마와 대머리 아저씨 부인이었다. 법을 전공했는지 대머리 아저씨 부인은 계속 법을 들먹였다.

"세상에 이런 법은 없다고요!"

"그럼 법대로 한번 해볼까요?"

실랑이가 싸움으로 번질 무렵이었다. 대머리 아저씨 부인이 두 주먹을 불끈 쥐곤 달려들어 엄마의 머리채를 쥐었다. 엄마도 질 새라 대머리 아저씨 부인의 머리채를 향해 손을 뻗었다. 순간 심판을 보던 대머리 아저씨가 엄마에게 한 표를 던졌다. 결국 승리는 엄마에게 돌아갔다. 대머리 아저씨 부인의 머리채를 잡아보지도 못하고서 말이다. 대머리 아저씨의 판단은 신속하고 정확했다. 대머리 아저씨는 대머리 부인하고 살 맘은 없었던 것이다.

대머리 아저씨 부인은 엄마에게 날 넘겨주며 사괏값을 물어내라고 했다. 엄마는 방금 들은 말이 믿어지지 않는다는 표정으로 대머리 아저씨 부인을 바라보았다.

"농담……이시죠?"

대머리 아저씨 부인은 풋, 하고 웃으며 세차게 고개를 가로저었다.

"내가 그쪽한테 농담할 사람으로 보여?"

그러면서 대머리 아저씨 부인은 그 집에서 내가 먹어치운 사과에 대한 일장연설을 늘어놓았다. 내가 먹은 사과는 일반 마트에선 살 수 없고 유기농 농장에서만 구할 수 있는 비싼 사과라는 것이다. 엄마는 알았다며 공손하게 인사를 하고 그 집을 나섰다. 물론 내 손을 꼭 잡고서 말이다.

차 안에 내가 오줌을 쌌던 카시트는 보이지 않았다. 엄마가 날 버린 뒤 카시트도 싹 치워버린 것이다. 내가 기억력이 좋다고 감탄하진 말길. 사람이란 아무리 어릴 적 일이라도 특수한 경험에 대해선 기억하기 마련이니까.

엄마는 차를 몰고 그 길로 마트에 가서 사과 한 박스를 샀다. 마트에도 유기농 사과는 많았다. 꽤 비쌌던 걸로 기억한다. 엄마가 가격표를 보며 "무슨 사과가 이렇게 비싸!" 하고 투덜댔으니까.

엄마는 대머리 의사의 집 대문 앞에 사과 박스를 갖다 놓았다. 가는 도중 차 안에서 사과 박스를 뜯어 안에 든 사과를 일일이 한 입씩 베어 먹었다는 걸 굳이 밝히고 싶진 않다. 대머리 의사 부인의 요구대로 엄마는 사과를 '물어준' 것이다. 유치하게시리.

이제 와 생각하면 그것은 일종의 복수였는데, 엄마가 사과 사건을 통해 내게 알려준 교훈은 세상엔 유치한 복수는 있을지언정 우아하거나 고상한 복수란 없다는 것이다.

그 일이 있은 후 엄마는 다신 나와 헤어지지 않겠다고 결심했다. 하지만 그건 어디까지나 엄마의 결심이었다. 나는 복수심에 불탄 나머지 이다음에 훌륭한 사람이 되어 반드시 엄마랑 헤어지겠다고 결심했으니까.

"우리 다시는 헤어지지 말자. 죽어도."

집으로 오는 길에 엄마가 비장한 눈빛으로 내 손을 잡고 이렇게 말했을 때 울음보가 터지긴 했어도 말이다.

그러니 내가 초등학생이 되자마자 아버지의 이름을 물은 건 당연하지 않은가. 일곱 살 생일에도 물어보고 싶었지만 그날은 엄마가 날 버리느라 바쁜 날이었으니까. 이름이라도 알아두어야 엄마에게 다시 버림받았을 때 아버지를 찾아 나설 수 있지 않겠는가 말이다.

이제 엄마와 내가 행복해질 수 없는 부류의 인간이란 표현이 이해되시는지? 이런 엄마에게서 쿠키 굽는 걸 기대하는 건 아무래도 글렀다.

나는 요즘도 가끔 엄마에게 묻곤 한다.

"자식에게 쿠키 구워주는 엄마들이 있다는 얘기 들어봤어?"

엄마의 대답이 돌아온다.

"사 먹어. 사 먹는 게 더 맛있어."

에이프런을 두른 엄마가 주방에서 쿠키를 굽고 있다. 땡! 하는 소리와 함께 가스오븐레인지에서 쿠키가 노릇노릇하게 구워져 나온다. 거실까지 버터 향이 풍긴다. 여기까진 환상이다. 나는 냉장고 문을 연다. 현실은 그 흔한 계란 하나조차 없다.

　내 세 가지 소원 마지막 호는 예쁜 여친이다. 이 소원의 대상은 정해져 있다. 어쩜 태어나기 전부터 정해져 있었는지도 모른다. 그 애가 내 소원이 되리란 것 말이다. 아직 내 여친은 아니고 언제 내 여친이 될지도 모르겠다. 현재로선 그 애가 한 치의 거짓 없는 내 소원이란 사실만 밝혀둔다.
　그 애의 이름은 강유리다. 이름도 얼굴만큼이나 예쁘다. 하루는 강유리의 이름을 노트 한 장에 가득 써봤는데 아무리 써도 질리지가 않았다. 그래서 다음 장에도 썼다. 여전히 질리지 않았다.
　강유리의 얼굴 역시 아무리 보아도 질리지 않을 것 같다. 강유리는 그동안 내가 예쁘다고 생각했던 여자애들 중에 가장 예쁘다. 그래서 강유리를 본 순간부터, 강유리 이전에 봐왔던 여자애들이 예쁘다는 생각을 전부 취소해버렸다.
　강유리는 우리 반 아인데 학교엔 강유리빠가 많다. 남자애고 여자애고 강유리를 만났다 하면 무조건 강유리빠가 된다. 남자애들한테 인기 있는 여자애는 얼굴이 예쁘고, 여자애들한테 인기 있는 여자애는 마음씨가 착한데 강유리는 남자애 여자애한테 골고루 인기 있다. 즉, 예쁘고 착하다. 예쁜 애가 착하기까지 하다니…… 강유리는 완전 나의 이상형이다. 아, 일부러 빼먹은 건 아니지만 한 가지 더 있다. 강유리는 공부도 잘한다. 예쁘고 착한 데다 공부까지 잘하는 우등생 그룹인 것이다.

강유리는 우리 동네에서 사거리를 지나 대로 건너편에 있는 전원주택에 산다. 전원주택 단지는 우리 동네와 천지 차이다. 우리 동네에서 대로 하나만 건너면 되는데 강유리네 동네는 별천지 같다. 매연과 소음으로 가득한 우리 동네에서 길 하나만 건너면 숲으로 둘러싸인 조용한 강유리네 전원주택 단지가 나온다.

강유리네 집은 전원주택 단지에서도 최고의 전망을 자랑한다. 정원 뒤엔 공원으로 통하는 언덕이 있어 그 집에서 공원 전망을 다 누릴 수 있다. 그 집은 단풍나무집으로도 유명하다. 정원 곳곳에 단풍나무를 심어놓아 가을이 되면 울긋불긋 장관을 이룬다.

나는 종종 전원주택 단지를 산책한다. 주말에 그 동네를 산책하다 보면 강유리가 가족들이랑 정원에서 바비큐 파티를 하는 모습을 먼발치에서 볼 수도 있다.

강유리는 내가 갖고 싶어 하는 모든 걸 다 가졌다. 아빠, 엄마, 오빠—내겐 형, 단풍나무와 장미로 만발한 정원, 골든 레트리버…… 발음만 해도 머리에 골든 벨이 울린다.

내가 갖고 싶어 하는 걸 다 가진 애의 소원은 무엇일까? 소원이란 게 있긴 할까? 정말 궁금하다.

강유리! 넌 지금 내겐 강화유리처럼 단단한 존재야. 하지만 널 꼭 내 여친으로 만들고 말 거야. 아직 때가 아닌 건 알아. 내가 언젠간 왕자로 변할 백조는 아니지만 그렇다고 네 남친이 될 자격이 없는 건 아니잖아? 그동안 너의 취향과 이상형을 미리 파악해두려 해. 그러고 나서 네게 말할 거야. 친구가 되어달라고. 언제가 좋을

지는 내가 정해야겠지. 타이밍이란 중요하니까.

이 문제를 상담교사와 논할 수는 없고 배움터지킴이와 논할 수도 없는 노릇이다. 아, 엄마는 더더욱 아니다. 엄마의 요구 조건은 딱 한 가지다. 엄마는 전부터 내게 여친을 사귀려면 한 가지만 보라고 말했다.

"무조건 예뻐야 돼. 난 예쁜 애들 앞에선 버벅거려. 솔직하게 말을 못하겠어. 이게 포인트야. 난 사람들한테 솔직해지기 싫거든. 진심은 숨겨야 하는 거니까. 그러니 무조건 예쁜 애를 사귀어야 한다."

엄마는, '진심'이란 눈에 보이지도 않고, 말해도 들리지 않지만, 냄새는 맡을 수 있는 것이라고 했다. 즉, 진심은 시각이나 청각의 문제가 아니라 후각의 문제라는 것이다. 상대가 진심일 땐 향기가, 진심을 가장했을 땐 악취가 난다고. 그래서 후각이 발달한 사람일수록 상대의 진심을 빨리 캐치한다고 했다. 상대가 아무리 진심을 숨긴다 해도 말이다.

어휴, 말도 안 돼. 진심에서 뭔 냄새가 난다고. 또 진심을 숨기는 게 예쁜 거랑 뭔 상관이야. 엄만 이렇게 항상 자기중심적이다. 그런데 강유리가 엄청 예쁘긴 하지.

다른 애들은 내신, 지잡대, 여친, 일진짱, 담탱, 페친(페이스북 친구), 게임 중독 이런 거로 고민하는데, 나는 이렇게 말도 안 되는 말만 늘어놓는 엄마 때문에 고민이니 정말 나쁜 엄마다.

오늘 엄마는 늦는다. 엄마를 괴롭히기 위해 게임에라도 빠져볼까 생각하는 밤이다. 엄마는 내가 뭘 하면 괴로울까. 내가 뭘 안 하면 괴로울까. 뭘 하든 말든 나 때문에 괴롭기는 할까, 생각하는 밤이기도 하고.

학생인권조례

신도시 Y는 정부에서 개발하겠다고 몇 년 전부터 계획을 잡아
놓은 도시다. 그런데 현재는 계획만 잡아놓은 도시가 되어버렸다.
아직 개발도 보상도 멀어 보인다―나름 부동산 전문가 엄마의 말
씀이다.

나는 신도시 Y에 새로 생긴 J고등학교 2학년생이다. 새로운 학
교라 해도 낡은 것들이 많다. 어느 학교에나 있어 온 낡은 학칙,
교칙, 규율, 급훈.

아직 졸업생이 없어서 역사와 전통을 자랑하진 못하지만 우리
학교에도 있을 건 다 있다. 선도부와 일진회, 교실에서 우등생만
따로 앉는 스터디 그룹, 일진회에 물 떠다 주는 그룹에 특별활동
부까지 있다. 여기에 상담교사, 담임, 학생부장샘, 교감, 교장이
있고 심지어 배움터지킴이도 있다. 학교에 문제 있는 애들은 많아

도 상담교사에게 문제를 상담하러 가는 애들은 아직 보지 못했다. 다들 문제를 딴 데 가서 해결하기 때문이다. 공부를 학교에서 하지 않고 학원에 가서 하는 것처럼 말이다.

우리 학교엔 꼴통들이 많다. 특목고, 즉 외고나 과기고에 갈 성적과 능력과 형편이 안 돼서 온 애들, 서울의 인문계 고등학교 진학도 힘들어서 온 애들이 주르르 몰려 있다.

사실 나도 공부를 썩 잘하는 편은 아니다. 내 성적은 평범하다. 늘 중간 정도를 유지한다. 성적이 들쑥날쑥 널뛰기를 하지 않는다는 건 내 장점이라 할 수 있다. 적어도 기복이 심한 인간은 아니니까.

대부분의 애들이 그렇지만 나 역시 어떤 그룹에 속해 있다. 자진해서 들어간 그룹은 아니다. 나는 우리 반 일진회에 물 떠다 주는 그룹 소속이다. 그렇다고 모든 반에 일진회가 있는 건 아니다. 처음엔 옆 반에도 있었다. 어느 날, 우리 반 일진짱이 옆 반 짱을 불러냈다.

"합칠래? 싸울래?"

옆 반 짱은 안 그래도 먼저 물어보려 했는데 기회를 뺏겼다며 억울한 표정을 지었다. 그리고 짱답게 싸움을 택했다. 모두들 학교 뒷산으로 올라갔다. 우리 반 일진짱의 주먹이 1초 더 빨랐다. 옆 반 짱이 깨끗이 물러났다. 일진회 해체를 괴로워한 옆 반 조무래기 2명은 우리 반 일진회로 흡수됐다. 그래서 우리 반 일진은 전교에서 유일한 일진회가 되었다. 학교 뒷산은 일진회의 아지트가 되었다. 개인적으로 나는 배움터지킴이에게 학교보다는 이 아지트에 종종 들러 달라고 추천하고 싶다.

나는 일진회 전부에게 물을 떠다 주진 않는다. 일진짱의 왼팔이 바로 내 담당이다. 일진짱에겐 반에서 가장 큰 껑다리 형수가, 짱의 오른팔에겐 반에서 제일 키 작은 정욱이가, 짱의 왼팔에겐 중간 키인 나, 지환이 떠다 준다. 내가 싫어하는 말 중에 '피할 수 없다면 즐겨라'라는 말이 있다. 물 셔틀은 절대로 즐길 수 없다.

웃기는 얘기지만 우리 반 일진 애들은 선도부도 겸하고 있다. 그래서 형수와 정욱과 나는 선도부에 물 떠다 주는 그룹에도 자동 가입되었다. 이것이 바로 새로운 학교의 낡은 규율이다. 모두가 알고 있지만 아무도 아는 척하지 않는 일종의 침묵의 카르텔. 그래서 나는 일진회 애들을 볼 때마다 '조폭이 정치한다'는 문장을 이따금 떠올리게 된다.

나처럼 평범한 아이가 수십 명의 반 아이들을 제치고 일진회 눈에 띄다니, 아무리 생각해도 미스터리다. 하지만 내가 점심시간에 일진회에 물 떠다 주는 그룹이란 걸 담임에게 말할 맘은 없다. 이미 알고 있는 사실을 괜히 들쑤셨다간 존심 상할 뿐 아니라 일진회 애들 심기를 건드리는 일이 될 테니까. 그럼 졸업 때까지 학교생활이 피곤해진다는 걸 나는 중딩 때 이미 깨달았다. 중딩 때 빵 셔틀 하다 반항해서 깨달은 건 아니다. 빵 셔틀을 같이 하던 애가 반항하다 개 패듯 맞은 다음 날, 학교 옥상에서 꽃잎처럼 떨어지는 걸 보고 나서 뼈저리게 깨달은 사실이다.

일진회 애들은 스터디 그룹 애들에게 따로 물을 떠다 달라고 요구하진 않는다. 가진 게 많은 애들을 건드렸다간 나중에 피곤해질 거란 걸 미리 예상했다고나 할까.

　담임에게 말하지 않은 것과 마찬가지로 내가 일진회에 물 떠다 주는 그룹이란 말을 엄마에게 한 적은 없다. 중딩 때 빵 셔틀을 했다는 말 역시 한 적이 없다. 일진회 애들이 말하지 말라고 시킨 건 물론 아니다. 중딩 때도 그랬지만 이 말은 앞으로도 절대 하지 않을 거다. 엄마는 어떤 그룹에 속하겠다고 하면 질색을 하니까.

　엄마는 일단 어떤 모임에 속하게 되면 그 모임의 성격이 인간을 규정짓는다고 했다. 한 예로 엄마는 반상회에 나가기 싫어서 아파트로 이사 가지 않는 거란 주장을 했다. 반상회에 나가면 매월 모임이 이루어지고 부녀회장 선출이 이루어진다고 했다. 그러면 부녀회원들과 정기적인 모임이 생기는데 그런 모임은 자신의 성격엔 맞지 않는다고. 그래서 우린 아파트보다 저렴한 데다 반상회에 나갈 필요도 없는 연립주택 단지에 산다.

　엄마는 같은 이유로 교회에도 다니지 않는다. 교회는 병자와 죄인들의 집합소인데 그들 역시 자신과 어울리지 않는다고 했다. 자신은 병도 없는 데다 남들 보기에 죄라면 여자 혼자서 아들을 키운다는 건데, 이걸 과연 죄라고 할 수 있느냐는 거였다.

　산타클로스의 존재에 대해서도 엄마는 일찌감치 내게 이렇게 말해주었다.

　"산타는 없단다. 크리스마스에 교회 가는 일도 없을 거야. 그 전

날, 네 양말에 선물이 들어 있는 일도 없을 거야."

엄마는 세상의 모든 부모들이 자기 애들에게 산타클로스가 있다고 거짓말하는 걸 이해할 수 없다고 했다. 선물 꾸러미가 하필 냄새나는 양말이란 것도 몹시 기분 상하는 일이라고 했다. 거짓말쟁이 부모 밑에서 자란 애들은 커서 거짓말쟁이가 된다며 그 애들과 놀지도 못하게 했다. 덕분에 나는 크리스마스에 선물을 받아보지 못하고 자랐다. 크리스마스에 선물 받는 그룹 애들과도 어울리지 않았다. 개네들 부모는 거짓말쟁이니까 말이다.

엄마의 의도에 따르려는 건 아니지만, 나는 내가 속한 그룹 애들과 친하게 지내지 않는다. 개네들과는 학교 안에서나 밖에서나 서로 모르는 척하는 쪽이 낫다. 특히 강유리만큼은 내가 속한 그룹에 대해 모르기를 진심으로 바랄 뿐이다.

등굣길, 강유리가 교문을 향해 걸어간다. 짧은 교복치마를 입고. 바람이라도 불면 어쩌나 조마조마하다.

"안녕? 통과!"

선도부인 일진짱이 교문을 들어서는 유리를 향해 윙크를 했다. 남자인 내가 봐도 징그러웠다. 유리는 기가 막힌 듯 '흥' 하곤 교문을 통과했다.

"귀엽네."

일진짱이 입맛을 다시며 유리의 뒷모습을 바라본다. 느끼한 녀석.

"커플티 입으셨네요. 잘 어울려요."

일진짱이 교문을 들어서는 남자 교사 둘에게 미소를 날렸다. 체육과 국어였다. 하필 체육과 국어 바로 뒤에 서 있는 게 나였다. 체육과 국어가 서로의 흰색 티셔츠를 바라보았다. 국어는 우리 반 담임이었다. 체육이 먼저 경직된 표정을 지었다.

"더러운 소리 할래? 아침부터."

담임 역시 불쾌한 표정을 지으며 덧붙였다.

"니들 중엔 그런 놈 없지?"

아무도 대답하지 않았다. 일동 '네!'라고 하기엔 내가 생각해도 유치한 대답 같았다. 체육이 다시 나섰다.

"이놈들 봐라. 아침부터 빠져가지고."

체육이 즉석에서 선도부들에게 '얼차려'를 시켰다. 그 바람에 치맛단 짧은 여자애들 몇 명이 교문을 무사통과했다. 유리의 치맛단에 비하면 아주 건전하고 상식적인 길이라고 할 수도 있겠다. 복장 불량한 남자애들도 덤으로 무사통과했다. 체육은 분이 풀릴 때까지 선도부에게 '얼차려'를 시키고 사라졌다.

타이밍을 너무 잘 맞춘 탓에 나는 선도부에게 잡혔다. 선도부도 분을 풀 상대가 필요했다. 나를 잡은 선도부는 일진짱의 왼팔이었다. 나 역시 '얼차려'를 받았다. 교복이 단정한 데다 운동화도 깨끗해서 지적질할 게 없다는 것이 이유라면 이유였다.

· 오늘 아침의 교훈 ·

J고 교사들의 성적 취향: 남자 커플에는 맹세코 관심 없음.

내가 '얼차려'를 받는 동안 일진짱 눈치를 보던 선도부의 한 남학생이 나섰다. 일진회 소속은 아니었다. 옆 반 스터디 그룹 녀석이었다. 녀석은 다음 학기에 전교 회장에 출마할 거란 소문이 돌았다. 녀석이 또랑또랑한 목소리로 말했다.

"서울시 학생인권조례 제2장 제5조에는 '학생은 성적(性的) 지향 등을 이유로 차별받지 않을 권리를 가진다'고 나와 있어. 즉 교내에서 동성 커플이 나온다 해서 차별받을 이윤 없단 거지. 이성애자가 함부로 비하할 권리도 없고. 선생님의 반응은 잘못된 거야."

일진짱이 받아쳤다.

"고~~오래? 서울시에만 나와 있냐? 고럼 우리 학교는 워쩌라고?"

선도부들이 잠시 웃음바다가 됐다. 짱의 왼팔이 나더러 일어나라는 신호를 했다. 다리가 후들거렸지만, 유리가 내 모습을 볼지 모른다는 생각에 아무렇지도 않은 듯 일어섰다.

강유리, 너는 겨울왕국의 얼음공주야. 네가 차가울수록 내 심장은 타는 듯 오그라들고, 네가 미소 지으면 내 심장은 떨리듯 얼어붙는다. 그럼에도 좋아한다. 굴욕 속에서 굴하지 않고, 갖은 모욕과 치욕 속에서도 꿋꿋하게…… 너를 좋아한다.

시 쓰는 공인중개사

　엄마가 블로그를 만들었다. 말이 그렇다는 거지 실제로 엄마가
만든 건 아니다. 엄마는 주문만 하고 만드는 건 내가 다 했다.

　나는 엄마의 블로그 메인 화면에 단풍나무 사진을 깔아주었다.
전에 유리네 집을 지날 때 디카로 찍어놓았던 것이다. 집보다는
단풍의 색깔에 초점을 맞추었으니 문제가 되진 않을 거다. 집주인
도 못 알아볼 테니까.

　엄마가 메인 화면이 예쁘다고 좋아한다. 그러면서 언젠가는 단
풍나무가 있는 집에서 살고 싶다고 한다. 나 역시 그렇다. 이럴 때
만 우리는 모전자전이다.

　엄마는 평소 언제든 로맨스에 빠질 만반의 준비가 되어 있지만
남자를 만날 기회가 별로 없다. 십팔년산(産) 아들이 딸린 미혼모

를 누가 반기겠는가? 십팔년산 와인이나 양주라면 몰라도. 그래서 엄마는 공인중개사 모임이나 중개사들이 가지 치기하는 모임이 있으면 혈안이 되어 나간다. 목적은 오직 하나, 썸 타기다.

엄마는 "돌아올 땐 혼자가 아닐 거야"라고 단단히 다짐하며 나가지만 늘 혼자서 돌아온다. 그리고 이런 말을 한숨처럼 내뱉는다.

"난 세상에서 제일 남자 복 없는 년인가 봐."

혹은, "정말 지지리도 남자 복 없지."

마무리 멘트는 늘 똑같은 말이다.

"외롭다……"

외롭다는 말은 엄마의 두번째 십팔번이다. 밤늦게 퇴근해서 혼자 국에 밥을 후루룩 말아먹을 때, TV에서 온가족이 식탁에 빙 둘러앉아 오순도순 식사하는 모습이 나올 때, 아이 손을 잡고 공원에 산책 나온 부부의 뒷모습을 보면서, 연말이면 거리에 울려 퍼지는 크리스마스캐럴을 들으며, 엄마는 말한다.

"외롭다……"

요즘은 이 말도 자꾸 들으니까 감동이 떨어진다. 사실 엄만 남자를 소개받는 일엔 적극적이지만 막상 남자 앞에선 적극적이지 못하다. 남자 앞에서만큼은 선천적으로 소극적인 자신감 결여형 인간이라고나 할까. 슈퍼에 잘못 산 물건을 바꾸러 가서도 주인아저씨와 눈도 마주치지 못하고, 당당하게 말도 못하는 걸 보면 내 생각이 맞을 거다.

평소에는 '개'가 들어간 단어를 내뱉는 것 다음으로 외롭다는 말을 많이 하면서 어렵게 주어진 기회도 못 잡아? 정말 외로운 거 맞아?

엄마가 블로그를 만든 목적은 부동산 매물 소개에 있다. 썸 타기가 목적이라 해도 결코 말릴 생각은 없다. 내 세 가지 소원 제1호를 이룰 때까진 말이다.

엄마는 공인중개사다. 사실 엄마에게 어울리는 직업은 아니다. 중개사란 일이 그렇지 않은가. 여러 부류의 사람을 만나고 비위를 맞추고 숫자를 다루는 직업. 이 직업은 비위가 좋아야 하는데 엄마는 별로 그렇질 못하다. 그렇다고 숫자에 강한 것도 아니다. 엄마는 가계부 쓰는 일도 힘들어한다.

엄마는 공인중개사 시험을 준비하면서 말했다. 자신에게 어울리지 않는 일에 도전해보겠다고. 그리고 덧붙였다. 자신에게 어울리지 않는 일은 못할 수밖에 없는 일이지만 그래도 해보고 싶다고.

"난 내가 못하는 일을 굳이 하려는 점에서 노력파라 할 수 있지. 자기가 잘하는 걸 하려는 사람보다, 못하는 걸 잘해보려는 사람이 더 멋있지 않니?"

나는 엄마에게 어울리지 않는 공인중개사 시험 준비는 당장 그만두라고 권했다. 대신 바리스타나 소믈리에 같은, 발음하기에도 우아하고 멋진 직업을 권했다. 사실 파티시에를 가장 선망하긴 하지만 이 직업을 권할 순 없었다. 사 먹는 쿠키가 더 맛있다고 할 테고 그럼 내 입만 또 아파지니까.

엄마에게 그 즉시 "지랄하네!"라는 답변이 돌아왔다. 권할 걸 권했어야지. 나 또한 즉시 반성했다. 바리스타나 소믈리에 역시 엄마에게 어울리는 직업 같진 않았다. 파티시에는 두말할 것도 없고. 그럼 마트에 날 버리고 간 날, 쿠키 요리책은 대체 왜 보고 있었던 거야! 만들어주지도 않을 거면서!

엄마는 준비한 지 3년 만에 공인중개사 시험에 합격해서 사무실을 열었다. 물론 은행 대출을 받았고 지금껏 꾸준히 이자를 물고 있다. 나는 엄마에게 3년이면 빨리 합격한 거냐고 물었다. 어디 가서 자랑할 곳은 없었지만 알아두는 게 예의인 것 같았다. 엄마는 애매한 표정을 지으며 답했다.

"3년은 길다면 길고 짧다면 짧은 시간이랄 수 있지."

엄마는 앞으로 남은 인생을 그렇게 살겠다고 했다. 어렸을 때 하고 싶은 일만 하고 살아서 이제는 하기 싫은 일도 좀 해가면서 살기로 했다고. 그래야 균형이 맞는다고.

엄마가 어렸을 때 한 일 중 하나는 열여덟에 날 임신해서 미혼모가 된 일이다. 그게 엄마가 하고 싶은 일이었는지에 대해선 잘 이해가 가지 않았지만 물어볼 순 없었다. 어쩐지 비겁한 질문 같으니까.

엄마의 블로그에 부동산 매물들이 링크되어 있다. 주로 전월세 원룸과 연립, 급매물 아파트들이다. 아직까지 조회 수는 거의 없다. 오늘 일일방문자는 1명이다. 나라도 들어가 주어야 하나.

엄마가 블로그에 제목을 달았다.

'시 쓰는 공인중개사입니다.'

앗, 엄마가 시를 쓴다고? 정말 안 어울린다.

"어울리니? 이 제목?"

"너무 튀어."

어울리지 않아. 엄마가 내 의견을 묻는다는 게.

사실 어울리지 않는 건 엄마와 나다. 이래저래 튀는 엄마와 정말 어울리지 않는 건……

내 방에 들어와 컴퓨터를 켰다. 엄마가 블로그에 올려놓은 시를 읽었다. 오늘 일일방문자 2명.

본다

사람들은 눈에 보이는 것만 본다
여자가 결혼하면 유부녀로 보고
여자가 이혼하면 이혼녀로 보고
여자 혼자 아이를 키우면 미혼모로 본다
사람들은 왜 눈에 보이는 것만 볼까

아아, 눈에 보이지 않는 것을 볼 수 있다면
꽃들이 흘리는 눈물

구름을 지나가는 바람

바람이 청하는 포옹

볼 수만 있다면

보는 눈이 있다면

(다음에 계속)

아우, 이게 뭐야. 시야? 일기야? 연재소설도 아니고. 인터넷 연재시야? 혹시 더는 시상이 떠오르지 않아서 교란작전을 펼치는 거아냐?

컴퓨터를 껐다. 스탠드도 껐다. 창밖에서 거리를 비추는 가로등은 끌 수가 없었다. 침대에 누워 잠을 청했다.

반 애들은 내가 물 셔틀을 하니까 물로 본다……

오늘 밤은 꽤나 뒤척일 것 같다.

전갈과 무화과

엄마의 블로그에 손님이 들어왔다. 엄마는 손님이 요청하자마자 그를 단번에 블로그 이웃으로 허락했다. 오프라인에서 이웃 만드는 일엔 그렇게 인색한 엄마가 온라인에선 손님이 요청한다고 곧바로 이웃으로 허락하다니. 너무 쉬운 아줌마 아닌가 싶다.

이웃의 닉네임은 '전갈'이다. 하고많은 닉넴 중에 전갈이라니. 변태 아닐까?

나는 엄마에게 이웃을 요청하는 일이 어쩐지 낯간지러운 느낌이 들었다. 그래서 블로그에 손님으로 들어갔다. 블로그 첫 화면에 「무화과」란 시가 떠 있었다. 엄마는 시 쓰는 공인중개사라면서 남의 시를 베끼고 있었다.

돌담 기대 친구 손 붙들고
토한 뒤 눈물 닦고 코 풀고 나서
우러른 잿빛 하늘
무화과 한 그루가 그마저 가려 섰다

이봐
내겐 꽃시절이 없었어
꽃 없이 바로 열매맺는 게
그게 무화과 아닌가
어떤가
친구는 손 뽑아 등 다스려주며
이것 봐
열매 속에서 속꽃 피는 게
그게 무화과 아닌가
어떤가

일어나 둘이서 검은 개굴창가 따라
비틀거리며 걷는다
검은 도둑괭이 하나가 날쌔게
개굴창을 가로지른다.

…… 김지하의 詩 「무화과」*

「무화과」란 시 아래 전갈의 댓글이 있었다.

전갈 시 읽는 전갈입니다. 무화과, 꽃도 없이 열매를 맺다니. 참으로 슬픈 나무네요.

시 쓰는 공인중개사도 어울리지 않지만 시 읽는 전갈이라니, 더 어울리지 않았다.

무화과 전갈 님 방가^^;; 제가 좀 슬픈 사람이다 보니ㅎㅎㅎㅎㅎ

엄마의 닉네임은 무화과였다. 그 많은 닉네임 중에 왜 하필 무화과일까. 꽃 시절도 없었던 등신 같은 열맨데. 슬픈 사람이라면서 'ㅎㅎㅎㅎㅎ'는 또 뭐야. 자기가 생각해도 쑥스러운가 보지? 정말 깨는 아줌마다.

그리고 줄줄이 이어지는 엄마의 답글과 전갈의 댓글은 한마디로 어이없었다. 답글과 댓글을 10분 동안 요약한 결과, 다음의 정보를 얻게 되었다. 생활에 유익한 정보라고는 장담하지 못하겠다.

엄마는 전갈에게 별자리가 전갈자리냐고 물었다. 전갈은 그렇지 않다고 답했다. 닉네임이 전갈인 이유는 아직 비밀인데 나중에 말해주겠다고. 뭘 대단한 비밀이라고 이유씩이나. 인생의 비밀은 매일 아침 먹는 사과 한 개…… 나중에 뭐 이런 말 하려고? 젓갈을 치려다 오타 나서 전갈이 된 건 아니고?

전갈은 엄마에게 꽃 중에 무슨 꽃을 가장 좋아하느냐고 물었다. 엄마는 꽃이란 꽃은 다 좋아한다고 답했다. 이 대목은 처음 소개팅 나온 사람들이 할 말이 막혔을 때 어색하게 주고받는 이야기처럼 좀 '없어' 보였다. 엄마는 꽃 중의 꽃인 무궁화도 좋아한다고 했다. 무궁화가 하수구에서도 피는 악착같은 꽃이기 때문이라고 했다.

둘은 이렇게 시 이야기 대신 일상적인 수다를 떨어댔다. 또 자신들이 무슨 대단한 술꾼들인 것처럼 최고의 해장 메뉴 조리법에 대한 정보를 나누었다.

라면을 끓여 면은 따로 건져놓고 라면 스프를 끓인 물에 집어넣으면 '해장라면.' 콩나물국에 소금 간을 하고 파를 잔뜩 넣어 끓이면 '콩나물해장국.' 무를 기름에 볶지 않고 송송 썰어서 파를 잔뜩 넣어 끓이면 '무파해장국.'

고딩인 나도 저 정도는 안다. 나는 앞서 나열된 해장 메뉴를 즉석에서 응용해 새로 만들어냈다.

북어를 기름에 볶지 않고 콩나물과 파를 잔뜩 넣고 끓이면 '콩나물북어해장국.' 무를 기름에 볶지 않고 콩나물과 파를 잔뜩 넣어 끓이면 '콩나물무파해장국.'

그러니 저게 무슨 대단한 정보냐고요.

둘은 저렴한 비용으로 빠른 시간에 술 취하는 방법도 교류했다. 간단했다. 소주에 물을 타 마시면 된다는 것. 처음엔 물이 술처럼 넘어가다가 나중엔 술이 물처럼 넘어간다고 했다. 이건 엄마가 제

공한 정보였는데, 전갈은 "술이 물처럼 술술 넘어가요?ㅋㅋㅋㅋ ㅋㅋㅋㅋㅋ" 하고 댓글을 달아놓았다. 엄마도 "ㅎㅎㅎㅎㅎㅎㅎ ㅎ"를 남발했다. 둘 다 좀 헤퍼 보였다. 웃음에 대해 둘은 하나의 규칙을 정해놓은 것 같았다. 전갈은 ㅋㅋㅋ로만 웃고 엄마는 ㅎㅎ ㅎ로만 웃었다.

저러다 세상에서 가장 날씬한 일본인은 "비사이로 막가"나, 가장 잔인한 일본인은 "간이마 또까"라는 고전시대 막가파 유머까지 나누게 되지 않을지 심히 걱정이었다.

둘은 그러다 양심에 찔렸는지 다시 시에 대한 이야기로 넘어갔다. 전갈은 시인 중에 랭보를 가장 좋아한다고 했다. 엄마는 랭보가 좋아하는 시인 중에 하나라고 맞장구쳤다. 엄마는 랭보의 시 중에 「지옥에서 보낸 한 철」*을 가장 좋아한다고 이야기했다. 이번엔 전갈이 맞장구쳤다. 엄마는 「지옥에서 보낸 한 철」이라는 시 제목이 너무 시적이라고 했다. 그러면서 내용에 대해선 자세한 이야기를 하지 않고 화제를 돌렸다. 내용을 잘 몰라서 슬쩍 넘어갔다는 느낌이 짙었다. 이제 전갈은 한 철을 보낼 때마다 지옥과 연옥을 번갈아 오가게 될 거다. 엄마랑 온라인에서 계속 만나는 한은.

전갈은 또 신현림 시인의 시를 좋아한다고 했다. 엄마가 다시 맞장구쳤다. 시작부터 대놓고 맞장구질 남발이었다. 엄마는 신현림 시인이 싱글맘이라고 하면서 다시 생활 수다로 넘어갔다. 엄마는 자신도 싱글맘임을 밝혔다. 전갈이 말없음표로 댓글을 남기며 잠시 침묵의 시간을 가졌다. 엄마를 싱글로 오해했나? 싱글이나 싱글맘이나. 다 같은 싱글인데 놀라긴.

침묵의 시간 뒤에 전갈이 엄마를 위로했다. 싱글맘이 왜 위로를 받아야 하는지 나는 이해하지 못했다. 싱글맘의 자식이라면 모를까.

또다시 말없음표가 오고 가자 엄마는 누가 봐도 상투적인 말로 마무리 멘트를 날렸다.

무화과 앞으로 자주 봬여^^;;
ㄴ **전갈** 옙, '본다'라는 시도 다음에 계속 보길 기대할게요(^-^)

보긴 뭘 봐. 기대는 무슨. 전갈과 무화과라니. 출발부터가 어울리지 않는 커플 같았다.

갑자기 전갈에 대해 궁금해졌다. 남자인지 여자인지. 결혼은 했는지. 나이는 몇 살인지.

작전명 강유리

　강유리에 대한 본격적인 정보 수집 작전에 나섰다. 내게 피와 살이 되는 유익한 정보. 타깃에 대한 정보는 많을수록, 정확할수록 그만큼 접근이 용이해진다. 접근이 쉬워지면 마음을 얻는 일에도 속도가 붙을 것이다.

　나는 야자 시간에 강유리빠 중 한 여자애를 피자가게로 불러냈다. 이 애의 별명은 치맛단(短)이다. 교복 치맛단이 너무 짧아 선도부──그중에서 특히 일진짱의 오른팔──에게 수시로 잔소리를 듣는다.

　나는 치맛단에게 먹고 싶은 피자를 마음껏 고르라고 했다. 치맛단은 신 메뉴로 출시된 크림치즈고구마무스피자를 시킨 것도 모자라 치즈 토핑까지 추가했다. 돈이 아깝다는 생각은 하나도 들지 않았다. 세 가지 소원을 이루기 위해선 이 정도 노력은 당연하다고 생각한다. 세상에 공짜로 얻어지는 소원이란 없는 법이니까.

"유리는……"

곧 중대 발표를 할 것처럼 치맛단이 뜸을 들였다. 치맛단의 목구멍으로 피자가 한 조각 넘어가고 있어서 그랬는지도 모르지만. 나는 수첩을 꺼내 메모하면서 들어야 하는 게 아닐까 갈등하며 물을 한 모금 삼켰다.

"글 잘 쓰는 애를 좋아해."

기타나 드럼, 힙합, 춤, 노래, 그림 등등 그 많은 것들 가운데 글이라니! 좀 의외였다. 물론 위에 열거한 것 중 내가 잘하는 건 하나도 없지만 말이다.

"유리는 세상에 복수하는 가장 멋진 방법이 바로 예술적인 복수래. 그중에 글로 복수하는 것이 제일 세련된 복수라고 생각한대."

이전의 내 생각을 시정하고 싶어졌다. 말만 들어도 우아하고 고상한 복수 같았다.

"유리는 세상에 멋지게 복수하고 싶지만 글재주가 없어서 속상하대. 너 김수현 알지? 유리 말로는 글로 세상에 멋지게 복수한 작가가 바로 김수현이래."

김수현이란 배우는 알지만 작가는 잘 모르겠다. 나는 약간의 자존심 문제로 김수현이란 작가의 대표작이 무엇인지 묻지는 않았다. 무슨 열여덟밖에 안 된 애가 세상에 복수할 게 그렇게 많담.

"이건 너한테만 특별히 말해주는 건데……"

치맛단이 잠시 주위를 살피곤 목소리를 낮추었다.

"전에 유리랑 찜질방에 갔거든."

이 대목에서 나도 모르게 파블로프의 개처럼 침이 꼴깍 넘어갔다. 정말로 특별한 이야기를 해줄 것 같았다.

"많은 애들이 유리를 글래머로 오해하고 있어. 하지만 유리는 똥배가 장난이 아니야. 나는 이 기회에 글래머에 대한 정의를 새로 내려야 한다고 생각해."

이 대목을 특히 강조하고 싶었는지 치맛단이 입에 게거품을 물고 떠들어댔다.

"글래머란 들어갈 데가 제대로 들어가고 나올 데가 제대로 나와 있는 것을 뜻해. 들어갈 데가 나와 있고 나올 데가 들어가 있는 건 정확한 의미에서 글래머가 아니지. 유리의 뱃살이 아주 좋은 예야. 들어갈 데가 나와 있거든. 앞으로 유리의 몸매를 관찰할 기회가 있거든 가슴보다는 똥배에 주목하길 바라."

치맛단은 길게 숨을 들이쉬며 호흡 조절로 자신의 아랫배를 집어넣었다. 말이 나온 김에 자신의 똥배를 감추려는 의도가 엿보였다.

"유리의 다리가 유난히 길어 보이는 이유는 상대적으로 치마 길이가 너무 짧기 때문이야. 다른 애들은 보통 한 단씩 줄여 입는데 유리는 두 단이나 줄였거든. 그런데 선도부에 걸리지 않는 건 선도부에도 강유리빠가 있기 때문이야. 그게 누군지는 말해줄 수 없어. 상상에 맡길 게."

"일진짱 아니야?"

"어. 알고 있었니?"

짐작하고는 있었지만……

"만일 둘이 사귀면 짱짱 커플의 탄생이지. 일진짱과 인기짱. 안 그러니?"

네가 이 자리의 성격이 어떤지 파악하고 있다면 나한테까지 동의를 구할 필욘 없다고 본다. 그래서 대답하지 않겠다.

치맛단은 유리랑 똑같이 치마가 짧은데 자긴 매일 선도부에게 지적질당하는 게 억울하단 표정을 지었다. 이게 바로 교내에서 벌어지는 성차별이 아니고 무어냐는 것이다. 이럴 때 성차별이란 용어를 쓰는 게 맞는지 잠시 헷갈렸다.

"강남에서 제일 잘나가는 학원 강사에게 영어랑 논술 과외 받는 애는 학교에서 유리 한 명 뿐일걸. 유리가 그러는데 지네 엄마는 강남 스타일이래."

이 대목에서 치맛단은 특히 배가 아픈 표정을 지었다. 평소에 포커페이스로 유명한 치맛단은 유리에 대해서만큼은 표정이 다양했다. 그렇게 부잣집에 살면서 유리는 친구들에게 떡볶이 한 번 사준 적이 없다고 했다. 떡볶이집은 제집처럼 수시로 드나들면서 말이다.

"유리는 변덕쟁이야. 나중에 자기가 뱉은 말도 기억 못해. 기억력이 나빠서가 아니야. 자기가 뱉은 말로 불리해질 때 일부러 기억이 안 난다고 얼버무리는 거지."

치맛단은 마치 물 만난 고기처럼 신이 나서 내게 유리에 대한 험담을 줄줄이 늘어놓았다. 아무래도 계속 이 자리의 성격을 파악하지 못하고 있는 것 같았다. 내가 원한 건 유리에 대한 험담이 아니라 정보인데 말이다.

"유리에 대해 그렇게 불만이 많으면서 왜 강유리빠가 된 거야?"

"빠가 되는 데 이유가 있니? 유리의 인기는 빠들에게 뭘 사 줘서 얻은 게 아니라 강유리라는 인물 자체에서 풍기는 포스 때문에 얻은 거야. 그중에서 눈빛 포스는 정말 대단해!"

치맛단이 엄지손가락을 치켜들었다. 눈빛을 보니 진심인 것 같았다. 치맛단은 팁이라며 한 가지 조언을 해주었다. 유리의 감정은 유리처럼 깨지기 쉬우니까 조심해서 다루어야 한다고. 조심할수록 더 어려운 세계에 발을 들이게 될 거라고 예언했다. 말만 들어도 어려웠다. 치맛단은 피자가게를 나설 때 피자를 사 주어서 고맙다는 말을 잊지 않았다. 다음번에 부분적으로 조언이 필요할 땐 조각 피자를 사 주어도 된다는 말도 덧붙였다.

방과 후 컴퓨터실로 달려갔다. 컴퓨터 앞에 앉아 학교 홈피에 접속했다. 인터넷 검색이 되는 스마트폰이 있었다면 쉬는 시간에 교실에서 해결할 수 있었을 것이다. 하지만 스마트폰에 관한 문제는 엄마가 해결할 맘이 없으니 어쩔 수가 없다.

우선 학교 특별활동부에 문예부가 있나 찾아보았다. 다행이다. 있었다. 문예부 지도교사도 있었다. 이런런런런…… 담임인 국어였다. 나는 담임이 10년 전, 한 지방지 신춘문예에서 소설로 상까지 받았다는 사실을 알게 되었다.

그러고 나서 김수현 작가를 검색했다. 드라마 작가라고 떴다.

드라마 작가라고? 유리가 원하는 건 드라마 작가? 담임이 드라마 대본을 지도해줄 수가 있을까?

어쨌건 내일 당장 문예부에 들어야겠다. 그나저나 하루아침에 어떻게 글을 잘 쓴담. 강유리 고 계집애는 기타나 힙합, 노래, 춤 잘 추는 앨 좋아하면 좀 좋아. 그럼 단기 속성반이라도 들어갈 텐데. 글이란 건 단기 속성반이 없지 않은가.

하지만 강유리, 네 마음을 얻기 위해 한번 시도해보려 한다. 우리 서로에게 꽃이 되는 관계가 되자. 우리가 꽃으로 만난다면 동시에 피어서 만났으면 좋겠다.

엄마에게 들키지나 말아야지. 소속이라면 질색을 하니까. 나야말로 엄마에게 글 잘 쓰고 싶어 환장한 애로 규정되는 건 싫으니까.

이튿날 하굣길이었다. 버스 정류장에서 집에 가는 버스를 기다렸다. 강유리가 정류장을 향해 걸어오는 모습이 보였다. 혼자였다. 강유리와 눈빛이 마주쳤다. 기다리던 버스가 왔다. 발걸음이 떨어지질 않았다. 강유리가 다가와 내 옆에 서는 순간 버스를 놓쳤다는 사실을 깨달았다. 한 발짝 떨어져 있었는데도 전류가 찌르르 '흐르는' 느낌이었다. 사실 전류가 '통하는' 느낌이 지배적이었지만 상상 속에서나마 강유리가 화낼 것 같아 일단은 '흐른다'로 표현을 자제해둔다.

"야, 지환!"

유리가…… 날 부른다. 얼음공주가.

'다가가고 싶을수록 돌아서 가라'였나? '가까이 가고 싶을수록 피해 가라'였나? 바람둥이 사전에 이와 비슷한 말이 있을 거라 생각한다. 하지만 나는 나만의 작전을 쓰겠다. 그러니까 이 기회를 잡겠다는 말씀. 유리는 변덕쟁이라니까 지금 대답을 안 하면 언제 또 날 불러줄지 모르니 말이다.

나는 유리에게 다가갔다. 버스는 떠났지만 하나도 아쉽지 않았다. 근데 뭐라고 답하지? 왜? 혹은 왜 불러?

"나 불렀니?"

이런 젠장.

유리가 물었다.

"몇 번 기다려?"

"73번."

"우리 동네 사는구나?"

난 이미 알고 있거든. 앞으로도 너에 관한 일이라면 뭐든 알고 싶어.

"너 나 좋아한다며?"

유리가 작게 물었다. 거의 귓속말에 가까웠다. 어젯밤 낸 소문이 오늘 당사자에게 퍼졌다. 다리가 후들거렸다.

· 오늘 오후의 교훈 ·
소문의 발이 당사자에게 걸어가는 덴 하루도 안 걸린다.

"누가 그래?"

나는 최대한 침착한 표정을 지으며 물었다. 유리에게도 그렇게 느껴질진 의문이었지만. 근데 난 왜 이걸 묻고 있냐. 묻나 마나 치맛단이지.

"아무나 좋아하라구 있는 강유리 아니거든."

유리가 입술을 삐죽이며 버스번호판을 바라보았다. '73번 곧 도착'이라는 전광판 메모가 깜박거리고 있었다. 나는 속으로 답했다.

넌 균형 감각이 있으니까. 다 가졌으니까. 엄마, 아빠, 오빠, 강유리빠.

유리가 버스에 올라타며 말했다.

"나 먼저 탈 테니까 넌 다음 거 타. 따라 타면 죽을 줄 알아!"

난 유리를 태우고 떠나는 버스 꽁무니를 바라보며 계속 속으로 답했다.

넌 꽃이니까. 모두가 너를 둘러 피었으니까. 너를 둘러싼 모든 아름다운 것들이.

유리꽃

스터디 그룹 자리에 앉아 있는 유리와 뒷자리에 앉은 일진짱을 번갈아 바라보고 있다. 물론 내 자리는 중간이다. 두 사람은 떨어져 앉아 있는 거리만큼이나 멀고 공통점이 없어 보인다. 일진짱과 인기짱. 짱짱 커플이라니. 커플의 탄생이라니. 누구 맘대로 커플이래!

짱의 뻔뻔한 낯짝을 보자 속이 부글부글 끓어올랐다. 분명 질투였다. 나도 누가 질투 좀 해줘 봤음, 누가 나 좀 질투해줘 봤음 좋겠다.

"13번!"

담임의 목소리가 들렸다. 고함에 가까웠다. 순간 여기가 교실이고 지금은 국어 시간이란 걸 깨달았다. 참고로 오늘은 12일. 나는 자리에서 벌떡 일어섰다.

"내 목소리 안 들리나?"

담임의 화난 표정으로 보아 아까부터 부른 모양이다.

"들립니다."

"내가 좀 전에 뭐라 그랬지?"

"저어, 다시 한 번 질문해주심…… 안 될까요?"

"아직 아무 질문도 안 했다."

아이들이 작게 웃었다.

"난 오늘이 12일이라고 12번을 시키는 그런 상투적인 샘은 아니다. 우리에겐 내일이 더 중요하니까."

애들이 우우, 했다. 환호였지만 듣기에 따라선 야유 같았다. 짱의 왼팔이 안도의 한숨을 짓고 있었다. 왼팔은 12번이다.

"오늘은 소설의 구조에 대해서 공부하겠다. 좋은 구조를 지닌 소설에 대해서 어떤 생각을 갖고 있는지 한번 말해봐."

나는 엄마의 책상 위에 10년째 놓여 있는 소설에서 얼핏 보았던 구절을 떠올렸다. 엄마가 가장 좋아하는 소설이라는데 10년 동안 그 자리에 놓여 있는 걸 보면 아직도 다 못 읽은 게 분명하다.

"처음은 처음답고 중간은 중간답고 결말은 결말다운 그런 이야기가 좋은 구조를 지닌 소설이라고 생각합니다."

아이들이 킥킥거렸다.

"어디서 주워들었냐?"

"엄마 책상에 10년째 놓여 있는 소설에서요."

아이들이 더 크게 킥킥댔다. 10년이란 말은 엄마의 프라이버시

침해란 측면에서 좀 지나쳤다는 생각이 들었지만 되돌릴 순 없었다. 순간 내가 싫어하는 속담 하나가 떠올랐다. '이미 내뱉은 말은 엎질러진 물과 같다.'

"너 지금 나랑 말장난하자는 거냐?"

"아니요."

아이들이 계속해서 킥킥댔다. 담임이 손바닥으로 책상을 내리쳤다. 얼굴을 찡그리는 걸로 보아 아파서 후회가 되는 모양이었다.

"이렇게들 느슨해갖고, 공부가 제대로 되겠냐. 엉? 이데올로기가 이렇게 빠져갖고 되겠어?"

두번째 질문은 점프란 생각이 들었지만 대들 맘은 없었다. 난 불난 집에 부채질하긴 싫은 사람이다.

"잘 들어라. 좋은 구조의 소설이란……"

한 아이가 연필을 들고 받아 적을 준비를 했다. 그러면서 "그냥 칠판에 써주지"라고 작게 중얼거렸다.

"주제가 분명하고, 소주제는 선명하고, 중심인물과 주변인물의 갈등이 강하고, 기승전결의 결말이 각각 합리적이며, 주제와 소주제는 중복되지 않고, 각 장마다 개연성이 있고 군더더기가 전혀 없는 깔끔한 이야기가 좋은 구조를 지닌 소설이다."

열심히 받아 적던 아이가 놓친 듯 "다시 불러주세요" 했다. 어떤 아이는 "시험에 나와요?" 하고 물었다.

담임은 두 아이에게 답하는 대신 내게 "알겠나?" 하고는 날 빤히 보았다.

"제 말이 그런 뜻인데요."

이번엔 아이들이 박수를 쳐가며 웃었다. 오늘 나는 아이들을 웃기는 날인가 보다. 그럴 의도는 전혀 없었는데. 담임을 화나게 할 의도는 더욱 없었다. 담임이 이번엔 출석부로 책상을 내리쳤다. 출석부가 손바닥의 고통을 대신했다.

"자식이 건방지게…… 당장 의자 들고 복도로 나간다. 실시!"

나는 자리에서 일어섰다. 내가 의자를 들기가 무섭게 담임이 강유리를 불렀다. 나는 부러 굼벵이처럼 움직였다. 유리에 관한 일이라면 어떤 것도 놓칠 수 없으니까.

"강유리, 너 교과서편찬위원회에 편지 썼냐?"

"네."

"교과서에 불만 있어?"

"네. 저는 여성 작가가 쓴 소설들이 교과서에 많이 실려야 한다고 생각합니다. 가령 「경희」 같은 근대소설이요. 시집가라는 아버지에게 혼자 살겠다고 대들다 매 맞는 신여성 경희는 동시대 다른 남성 작가가 그려낸 여성 인물들처럼 수동적이지 않습니다. 나혜석의 「경희」는 이광수의 『무정』이나 심훈의 『상록수』에 나오는 여성 인물들보다 훨씬 생동감 있고 살아 있는 캐릭터라고 생각합니다."

아이들이 와우, 환호성을 질렀다.

"이런 일은 담임인 나하고 먼저 상의했어야 한다고 생각하지 않아?"

"그렇게 생각합니다."

"생각만 그렇게 하고 편지는 혼자 맘대로 보냈단 말이지? 우등생티 내는 거냐?"

"단답형으로 대답할까요? 서술형으로 대답할까요?"

"지금 나한테 반항하는 거야?"

"네."

담임의 얼굴에 붉은 꽃이 피었다. 그다지 예쁜 꽃은 아니었다.

"너도 당장 나가! 손들고 서 있어! 난 우등생이라고 해서 무조건 봐주진 않는다."

아이들이 우우, 했다. 담임이 화가 난 표정으로 칠판에 글씨를 써 내려갔다.

날다 + 뛰다 = 날고뛰다: 통사적 합성어

날다 + 뛰다 = 날뛰다: 비통사적 합성어

"날다 플러스 뛰다…… 저런 행동을 '날고뛰다'라고 하지 않고, '날뛰다'라고 표현한다. 내가 이 교실에서 원하는 건 날고뛰는 놈들이다. 저렇게 날뛰는 놈들은 필요 없어! 자, 다 같이 따라 한다. 날뛰다, 비통사적 합성어!"

아이들이 이구동성으로 따라 했다.

"날뛰다, 비통사적 합성어!"

"니들도 시험 잘 보고 싶으면 저렇게 날뛸 시간에 교과서나 외위. 참고서랑 같이 아예 통째로 머릿속에 집어넣으라고. 알았어?!"

"네에!"

유리와 복도로 나왔다. 나는 의자를 들고 유리는 손을 들었지만 크게 억울하진 않았다. 유리와 나란히 복도에서 벌을 서는 기분은 말 그대로 삼삼했다.

유리가 속삭였다.

"너 진짜 골 때리더라? 담임이 당황하던데?"

"너, 너야말루. 담임 얼굴 빨개지는 거 봤어?"

유리야, 나 떨고 있니? 의자가 무거워서가 아니야.

"왜 어른들은 우리가 맞는 말을 하면 화부터 낼까?"

"맞는 말이니까. 우리가 틀린 말을 해야 기분 좋게 교정해줄 수 있거든."

이번엔 유리가 고개까지 끄덕이며 웃었다. 나 오늘, 애들 웃기는 날 맞다니까.

와락, 교실 문이 열렸다. 담임이 나오더니 버럭 화를 냈다.

"니들, 뭐하는 짓들이야?!"

내가 먼저 답했다.

"벌서고 있는데요."

"킥."

"큭."

우리가 웃는 소리는 담임의 귀에 고스란히 전달됐다. 손들고 벌서는 도중이라 손으로 입을 틀어막을 수 없었으니까. 덕분에 유리와 난 수업이 끝날 때까지 벌을 섰다. 유리와 함께라면 얼마든지 벌을 서도 괜찮을 것 같았다. 오늘 나는 세상에서 가장 행복한 벌 서는 놈이었다.

나쁜 엄마

엄마가 말했다. 세상의 모든 엄마는 나쁜 엄마라고.

세상에 훌륭한 엄마로 알려져 있는 맹자 엄마나 한석봉 엄마도 알고 보면 나쁜 엄마라고.

우선 엄마는 맹모삼천지교로 유명한 맹자 엄마부터 비난했다. 사실 맹자가 처음 이사한 공동묘지 근처는 교육적으로 그렇게 나쁜 환경만은 아니라고 했다. 어릴 때부터 평소에 죽음을 가까이 대하면 자라면서 삶을 대하는 태도도 진지하고 엄숙해진다는 논리였다.

두번째로 이사한 시장 근처도 마찬가지라고 했다. 어릴 때부터 사람들이 물건을 사고파는 걸 보고 자라면 그만큼 빨리 경제관념을 익히게 된다는 것이다. 요즘 아이들이 대체로 돈 무서운 줄 모르는 건 시장 근처에서 살아본 적이 없기 때문이라고 했다. 무엇보다도 어린 시절에 이사를 많이 다니게 되면 아이가 정서적으로 불안해진다고. 맹자 엄마는 교육이란 명분으로 아이의 정서를 해치면서까지 이사를 다닌 나쁜 엄마라고.

또 맹자 엄마의 교육열은 우리나라 엄마들의 뜨거운 교육열과 다를 바 없다고 했다. 강남 학군으로 들어가려고 위장 전입하는 엄마들. 자식의 과외 그룹을 자신들과 같은 상류 계층의 아이들로 섭외, 편성하는 엄마들. 과도한 사교육으로 자식의 사적인 시간을 빼앗는 엄마들. 자식의 시간표가 아닌 엄마의 시간표대로 움직이게 하는 엄마들. 그래서 자식 교육을 망칠 뿐 아니라 자식의 미래까지 망쳐놓는 엄마들. 이들은 전부 엄마가 아니라 매니저라는 것이다.

"생각해봐. 그 엄마들이 한 번이라도 자식들 시간표대로 움직이게 놔두었다면, 입시 지옥을 견디지 못하고 자살하는 학생들의 숫자를 줄일 수 있었을 거야."

우리나라 엄마들의 치맛바람이 센 탓은 맹자 엄마의 영향도 있다는 것. 엄마란 모름지기 자식의 의견을 묻고 존중해주어야 하는 법이라고 했다. 그런데 자식의 의사도 물어보지 않고 교육을 핑계로 세 번이나 이사를 하는 게 이기적인 행동이 아니고 뭐냐는 것이다.

나는 즉시 '내가 아버지와 엄마 중 누구랑 살고 싶은지 나한테 물어본 적 있어?'라고 물으려다 참았다. 엄마 역시 맹자 엄마처럼 나쁜 엄마란 걸 알기 때문이다.

엄마가 말했다. 한석봉 엄마는 무섭기까지 한 나쁜 엄마라고.

"자식에게 불을 끄고 붓글씨를 쓰라니. 이거야말로 공포심을 조장하고 겁주는 행위가 아니고 뭐니?"

자신의 떡 써는 솜씨를 자식의 붓글씨 솜씨와 비교하는 건 적절치 못하다고. 주부의 가사노동 시간은 학생들의 공부 시간에 비해 훨씬 길다고. 그런데 그런 식으로 비교하자는 건 시작부터 한석봉 엄마에게 유리한 조건이었다고. 결론적으로 한석봉 엄마가 이길 수밖에 없는 싸움이라고 했다. 한석봉 엄마의 행동은 자기과시가 아니냐는 것이다.

"한석봉은 맹인도 아니잖아. 왜 불까지 끄고 생고생을 해가며 글씨 연습을 해야 하는데?"

사람이란 자기에게 주어진 조건하에서 최선을 다해야 능률이 오르는 것이라고 했다. 한석봉 엄마는 결과적으로 자식의 능률을 떨어뜨린 셈이고, 치사한 방법으로 이긴 거라고.

가뜩이나 밖에서도 경쟁하느라 힘든 세상인데, 왜 집에 와서까지 자식하고 엄마가 경쟁해야 하느냐는 것이다. 내 생각엔 불을 끄고 글씨를 쓰는 것보다 공동묘지 근처에서 사는 게 더 무서울 것 같았다.

우리가 그동안 훌륭한 엄마라 믿어왔던 엄마들도 이렇게 나쁜 엄마들인데, 나머지 엄마들은 오죽하겠냐고.

엄마는 말했다. 그래서 결국 세상의 모든 엄마는 나쁜 엄마라고.

나쁜 엄마의 자식들은 나중에 대체로 훌륭하게 되는데 맹자나 한석봉이 아주 좋은 예라고 했다. 여기에 인생의 아이러니가 숨어 있다면서.

하지만 엄마는 자식의 인생을 망치는 한이 있더라도 결코 맹자 엄마나 한석봉 엄마처럼은 살지 않겠다고 했다.

"될 애들은 되게 되어 있어. 굳이 엄마들이 나대지 않아도 말이야. 나한테 치맛바람은 기대 안 하는 게 좋을 거다."

엄마, 속 보여. 애당초 맹자 엄마나 한석봉 엄마처럼 살 자신이 없어서 그러는 거잖아. 그래서 미리 포기 선언하는 거 아니냐고. 난 엄마가 한석봉 엄마보다 더 무섭고 맹자 엄마보다 더 이기적으로 느껴진다고요!

9시 뉴스 시간이었다. 엄마를 기다렸다가 늦은 저녁을 먹었다. 나 혼자 먹는 게 싫어서가 아니었다. 엄마가 혼자 먹는 걸 싫어해서였다.

뉴스에서 스카이대(SKY대) 진학도 부모의 학벌, 직업, 수입이 상위 10프로 이내인 애들이 차지하고 있다는 통계를 보도했다. 엄마가 수저를 내려놓았다.

"왜, 밥맛 없어?"

나는 마치 내가 저녁밥을 맛없게 지은 것처럼 엄마의 눈치를 보았다. 무서운 엄마 맞다니까.

엄마가 고개를 저었다. 엄마는 물을 한 모금 마시고 나서 다시 수저를 들었다.

"그깟 대입시 거부해버려라."

"나더러 대학 가지 말라고?"

"서울대 앞에 서서 1인 시위 같은 거 해볼 맘 없니? 대입시를 거부하는 고등학생 모임의 대표가 되는 것도 괜찮겠다."

"모임 같은 데 가입하지 말라면서?"

"이건 경우가 다르잖아."

"뭐가 다른데?"

"이 나라 교육 현실이 영 밥맛이잖아. 넌 안 그래?"

아무리 밥맛이래도 대학에 가지 않을 맘은 없었다. 과연 내가 갈 수 있는 대학이 서울에 있을진 모르겠지만.

"경쟁하지 마. 경쟁하는 순간부터 싸움이 시작되는 거야. 그럼 사는 게 얼마나 피곤하겠니?"

엄마가 이 말을 엊그제 처음 한 건 아니다. 초딩 때부터 하도 귀가 따갑게 들어서 아예 내 인생관으로 자리 잡았을 정도다. 엄마 덕분에 나는 우등생과 경쟁하지 않는다. 물론 열등생과도 싸우지 않는다. 또 엄마 덕분에 논술은 물론이고 영어나 수학 과외 등 일체의 사교육을 받지 않고 있다. 고등학교를 졸업할 때까지, 앞으로도 받을 가능성은 전혀 없다.

그 결과 내 여가 시간은 하루에 4시간이나 된다. 물론 토, 일을 제외한 평일의 이야기다. 뉴스에 보도된 것처럼 초등학생 여가 시간이 2시간인 점에 비하면 난 너무 널널해서 널뛰기할 시간까지 남아돈다. 사실 주말에도 할 일이 많진 않다. 나는 널뛰기할 시간에 청소년수련관에서 자원봉사하는 걸 신청했다. 내신 올릴 방법을 생각하다 특별활동 점수라도 더 받을까 해서 말이다.

엄마, 경쟁할 필요 없다는 '나쁜 엄마표' 교육 덕분에 애들이 날 물로 봐. 그래서 물 셔틀까지 한다고.

"대입시 같은 거에 연연할 거 없어. 못 배우면 평생 손발이 고생이지만 잘 배우면 평생 남을 고생시키는 거야. 배운 놈들 정치하는 꼬락서니 좀 봐. 저렇게 남을 고생시키는 사람은 되지 말아야지, 안 그래?"

"아버지는 잘 배운 인간이야? 그래서 엄마랑 날 이렇게 고생시키는 거야?"

나는 물었다. 기회가 왔을 때 무조건 아버지에 대해 물어야 하니까. 이것은 틈이 보일 때마다 엄마의 마음을 아프게 하고 싶은 내 심정이기도 하다.

엄만 몇 술 뜨지도 않은 수저를 도로 내려놓았다. 아버지에 대해 비아냥거린 의도가 엄마에게 제대로 전달된 것 같아 뜨끔했다. 하지만 반성할 맘은 없었다.

"그래서 나더러 대학 가지 말라는 거냐고!"

"네 인생의 목표가 뭔데? 번듯한 대학 나와 취직하고 연애하고 결혼해서 애 낳고 아파트 평수 늘려가고 자식들 교육에 혈안이 되는 거? 남들과 똑같이 사는 게 네 인생의 목표냐? 그런 식으로 사회의 부속품이 돼서 뭐할 건데?"

나는 대답하지 못했다. 앞으론 두 번 다시 아버지에 대해 묻지 않을 거다. 이름도 모르는데 학벌은 알아서 뭐해. 그래봤자 작심

삼일이겠지만.

갑자기 엄마가 전화기를 들었다.

"여보세요? KMS죠? 지금 9시 뉴스 보고 있는데요, 요즘 세상엔 개천에서 용 안 난다고요? 부도 대물림되고 가난도 대물림된다고요? 대학 가고 안 가고는 우리가 정해! 수신료의 가치 좋아하시네! 수신료 받아먹으려면 더 가치 있는 보도를 해!"

엄마가 전화기를 쾅 내려놓았다. 방금 엄마가 한 행동은 마치 영화의 한 장면처럼 느껴졌다. 그만큼 믿어지지 않았다. 엄마가 승리의 물컵을 들고 벌컥벌컥 마셨다. 그랬다. 오늘의 승자는 엄마였다. 내 입을 딱 다물게 만들었으니까.

만일 내게 좀더 용기가 있었다면 이렇게 답했을 것이다.

"아니, '남들과 똑같이'가 아니라 '엄마랑 다르게' 사는 게 내 인생의 목표야. 나쁜 엄마의 자식으로 살아가는 애들은 아주 잘 알걸? 내 말이 무슨 뜻인지."

놀토가 돌아왔다. 다른 애들에겐 사토(사교육 받는 토요일)지만. 오전 내내 교육방송에서 인강(인터넷 강의)을 듣다가 청소년수련관으로 달려갔다. 자원봉사가 있는 날은 아니었다. 청소년수련관에서 나처럼 자원봉사를 하는 고딩에게 1인 노래방을 신청했다. 30분에 천 원인데 날 알아보곤 그냥 넣어줬다. 다음에 내가 자원봉사를 할 때 저 애를 노래방에 그냥 넣어주진 않을 거다. 왜냐구? 내 맘이니까.

1인 노래방에 들어와 문을 닫고 마이크를 켰다. 하고 싶은 노래가 없다고 생각하자 픽, 웃음이 나왔다. 갑자기 다른 아이들은 아버지랑 둘이 노래방에 오면 무슨 노래를 할까 궁금해졌다. 책자를 넘기자 동요 페이지가 나왔다. 「아빠의 얼굴」이 눈에 들어왔다. 번호를 누르니 사이키 조명이 돌아가기 시작했다. 전주곡이 흘러나왔다. 마이크를 들자 느닷없이 눈물이 주르르 흘러내렸다.

시적인 (체하는) 댓글놀이

엄마와 전갈의 댓글놀이가 봄에서 여름으로 이어졌다. 둘이 계절을 바꿔가며 댓글놀이에 빠져 있는 동안 나는 문예부에서 소설 쓰기에 몰두했다. 문예부 지도교사인 담임이 드라마 대본엔 관심이 없어서 배울 수가 없었기 때문인지도 모르겠다. 나는 '아직' 유리의 마음을 얻지 못하고 있었지만 '곧' 얻게 될 거란 막연한 믿음과 굳은 확신이 있었다. 소설을 쓰다 간간이 방문자로 들어가 본 엄마의 블로그엔 믿을 수 없는 일들이 벌어지고 있었다. 제3의 방문자는 찾아볼 수 없는 둘만의 댓글놀이였다.

전갈 랭보가 "미라보 다리 아래 센 강이 흐르고"*를 썼나요?
└ **무화과** 그건 아폴리네르죠.
└ **전갈** 그렇군요. 좋아한다면서도 몰랐네요. 지송.

└ **무화과** 저도 최근에 알았답니다 ㅠ.ㅠ

└ **전갈** "풀잎처럼 눕고 바람처럼 일어선다"*는 휘트먼**인가요?

└ **무화과** 김수영이에요.

└ **전갈** 아 넵. 무식해서 지송.

└ **무화과** ㅎㅎㅎㅎㅎ 무식은 죄가 아니에요. 전갈 님이 무식하단 뜻
은 아님.

└ **전갈** 그럼 잘못인가요?ㅋㅋㅋㅋㅋ

└ **무화과** 실수죠. 우린 다들 실수로 태어나고, 자라면서 무식해지
고, 무식해서 실수해요ㅎㅎㅎㅎㅎ

└ **전갈** ㅋㅋㅋㅋㅋㅋ 근데 혹시 그리로 침 튀지 않았나요? 감기 걸
렸는데, 정말 지송.

└ **무화과** 전갈 님은 시적인 사람이에요. 나는 시보다는 시적인 것,
시인보다는 시적인 사람을 좋아해요. 지송할 거 하나도 없음.

└ **전갈** 그럼 지송 취소.

나는 내 눈을 의심했다. 전갈이 엄마를 웃기려고 무식한 척하고
있는 건가. 정말로 무식해서 저러는 건가. 자기네는 웃긴 줄 아나
보지? 랭보를 제일 좋아한다면 적어도 랭보가 쓴 시인지 아닌지는
알고 있어야지. 아무래도 전갈이 제일 좋아하는 게 람보가 아닌가
싶다. 게다가 저렇게 무식한 전갈더러 시적인 사람이라니. 도대체
뭐가 시적이라는 거지? 침이나 튀기는 더러운 작자인데.

엄마의 고백은 고딩인 내 눈에도 수가 빤히 읽혔다. 한마디로

작업 거는 거 아닌가?

　차라리 엄마가 댓글질보다 싱글맘 모임에 나가는 게 훨씬 나을 것 같았다. 그렇게 말하면 보나 마나 '네 눈엔 내가 날 받아주는 모임에 나갈 사람으로 보이니?'라고 할 테지만. 엄마의 얄미운 표정을 상상하니 속이 더 꼬였다.

　밤에 엄마가 거실에서 빨래를 널면서 투덜대는 소리가 내 방까지 들려왔다. 전갈이 여름에 개도 안 걸리는 감기에 걸렸다는 것이다. 우리 집은 베란다가 없어 거실에 빨래를 너는 데 엄마는 새 빨래에 음식 냄새가 배는 걸 싫어한다. 아직 마르지도 않은 빨래에 음식 냄새라도 밴 듯 엄마는 옷가지들을 탁탁 털어대며 궁시렁거렸다.

　어머니, 나도 알거든요. 그래서 죽이라도 쒀서 병문안 가시게요?

　엄마는 평소에 입에 '개'를 달고 산다. 말할 때 툭 하면 '개'가 들어가는 단어를 사용하는 것. 이게 바로 엄마의 첫번째 십팔번이다. 외롭다는 말만큼이나 자주 써서 내겐 감동을 넘어 아예 무감각해진 단어가 바로 '개'다.

　동정심은 개나 줘버려. 제 버릇 개 못 준다. 개똥도 약에 쓰려면 없다. 개만도 못하다. 개가 웃을 일이다. 죽 쒀서 개 준다. 빛 좋은 개살구, 개뿔, 개털, 개소리, 개수작, 개나발, 개망신……

　그렇다고 개를 좋아하는 건 아니다. 엄마는 길에서 개를 만나

면 강아지라도 피해 다닌다. 물릴까 봐 무서워서 피하는 거라고
했다. 정상적인 개든 미친개든 일단 개한테 물리면 무지 아플 거
같다고 했다. 엄마는 '개'라는 단어를 발음할 때마다 쾌감을 느끼
는 것 같았다.

또 '산 개가 죽은 사자보다 낫다'는 속담을 들면서 여기엔 동의
할 수 없다고 했다. 개처럼 사는 게 좋을 게 뭐가 있느냐는 것이
다. '개처럼'이란 말을 발음할 때 특히 '개'에 힘을 주었는데 아무
래도 쾌감을 느끼려고 그러는 것 같았다.

'개를 제외하고 책은 인간의 가장 좋은 친구'라는 명사의 말을
입에 올린 적도 있었는데, 사실 평소 엄마가 책을 친구로 삼는 장
면은 내 앞에서 별로 연출된 적이 없다는 것을 밝혀둔다. 요즘엔
부쩍 컴퓨터 앞에 앉아 댓글놀이를 하고 있는 장면만 주로 연출하
고 있다는 것을.

나는 엄마의 블로그를 서핑하면서 전갈에 대한 몇 가지 궁금증
을 풀게 되었다. 전갈은 남자고 미혼에 스물일곱 살이다. 엄마보다
9년이나 어리다니! 엄마가 요즘 부쩍 눈가에 아이크림을 발라대
는 횟수가 늘어난 이유를 알 것 같았다.

엄마, 꿈 깨! 전갈이 엄마를 연애 상대로 생각할 거 같아? 엄마
가 죽 싸들고 병문안 가면 완전 죽 쒀서 개 주는 거야. 아니지. 죽
쒀서 개만도 못한 놈에게 주는 거지. 여름에 개도 안 걸리는 감기
에 걸렸잖아.

내 생각은 안중에도 없는 듯 요즘 엄마 입가에 수시로 미소가 떠오른다. 나 때문은 아니다. 가만, 나로 인한 엄마의 미소를 원했었나? 내게 물었다. 나는 고개를 저었다.

소문과 의심

엄마가 내 방에 몰래 들어와 컴퓨터 파일을 열고 내 소설을 훔쳐보았다. 그것도 내 앞에서! 내가 자는 사이! 훔쳐본 것도 모자라 모니터에 쪽지까지 붙여놓았다. 페북이었다면 영원히 친구 끊길 짓이었다.

앵무새가 되지 말고 최초로 노래하는 새가 되어라.

욕인지 아닌지 헷갈렸다. 엄마가 내 재능을 의심하는 것 같아 아침부터 울고 싶어졌다. 하지만 오늘이 문예부에 단편소설을 제출하는 날이라 급하게 프린트를 했다.

오후엔 웃을 일이 생겼다. 문예부 지도교사인 담임에게 칭찬을 받은 것이다. 교실에서 국어를 가르칠 때의 담임 얼굴과 문예부에서 소설을 지도할 때의 담임 얼굴은 다르다. 문예부에서 훨씬 빛이 난다. 처음에 내가 문예부에 들었을 때 반가워하던 담임의 표정이란! 담임이 뒤끝 없는 타입인지, 사람 헷갈리게 하는 타입인지 헷갈렸다.

내 단편소설 「부자(父子)」의 첫 세 문장은 이렇게 시작된다.

나는 남자를 좋아한다. 아빠도 남자를 좋아한다. 아빠가 남자를 좋아하는 건 문제인데, 더 큰 문제는 우리가 한 남자를 좋아한다는 거다.

내 단편소설의 마지막 세 문장은 이렇게 끝난다.

나는 여전히 남자를 좋아한다. 아빠도 여전히 남자를 좋아한다. 우리가 동시에 좋아했던 남자는 우리 둘을 떠났지만, 아빠와 나는 서로를 떠나지 않았다.

담임은 내 소설에 대해 한 문장 안에서 단어가 반복되는 점을 지적했다. 그러고는 문장에 리듬감이 있다고 칭찬했다. 엄마의 쪽지처럼 헷갈렸다. 담임은 내 소설에 대해 주제가 좋고 캐릭터가 살아 있다는 결론을 내렸다. 그리고 내게 이 소설의 주제가 무어냐고 물었다. 주제가 좋다면서 주제를 묻는 건 또 뭐지? 그걸 왜 묻느냐고 물어볼 순 없어서 나는 '부자간의 사랑'이 주제라고 답했다.

담임은 그럴 줄 알았다며 고개를 끄덕였다. 그리고 청소년의 성정체성에 관한 이야기가 요즘 뜨는 추세라며 이걸 더 발전시켜서 청소년 문예지 소설 공모전에 내보자고 했다. 제목은 시간을 두고 좀더 고민해보자는 말과 함께. 담임은 내게 또 다른 소설도 있느냐고 물었다. 나는 이게 첫 소설이라고 답했다. 담임은 첫 소설치곤 잘 썼다고 칭찬했다. 얼떨떨했다.

이렇게 좋아할 거면 학기 초 교문에서 체육과 커플티 농담했을 때 왜 그렇게 화를 냈지? 그럼 혹시? 아우팅당하기 싫어서 화를 낸 건가? 담임의 성정체성이 의심스러워졌다.

문예부 교실을 나가기 직전 담임은 이 소설을 쓰게 된 동기에 대해 물었다. 갑자기 물으니 생각나지 않았다. 그래서 동기 같은 건 없다고 말하자 담임은 "건방진 녀석" 하고는 씨익 웃으며 먼저 교실을 나섰다. 학기 초, 교문에서 체육과 담임에게 받은 쇼크로 인해 썼다고 말하면 화낼까?

· **오늘의 교훈(두 개나 된다)** ·
아침에 울면 오후에 웃을 일이 생긴다.
글쓰기에도 단기 속성반이 있다.

하교 후 버스 정류장에서 유리를 만났다. 우연히 만난 건 아니고 약속을 했다. 이제 우리는 약속해서 만나는 사이가 된 것이다! 약속 장소는 '아직'까지 버스 정류장을 벗어난 적이 없지만 '곧' 피자집이나 퍼즐카페, 호수공원에도 가게 될 것이다.

그동안 유리가 학원 수업이 없는 날이면 우리는 집에 같이 가곤 했다. 유리가 과외 수업을 받는 화, 목. 일주일에 두 번이었다. 일주일에 두 번이나 행복하다니 나는 정말 행복한 놈이었다. 첨엔 그랬다는 얘기다. 내 욕심은 갈수록 커져서 '일주일에 두 번밖에 행복하지 못하다니'로 바뀌고 있었다.

그동안 유리와 일진짱의 소문도 꽤 진도를 나갔다. 요즘 밤마다 나 혼자 유리와 진도를 빼고 있는 것만큼이나 무서운 속도였다. 유리와 짱이 사귄다는 소문. 그리고 얼마 전엔 유리가 임신했다는 소문까지 나돌았다. 이 소문은 남학생 화장실 벽에서 시작되었다. 하필이면.

또 다른 소문도 있었다. 유리는 레즈비언이고 치맛단과 키스했다는 것이다. 여학생 화장실 벽에 적혀 있다는 이 낙서를 나는 확인할 방법도, 믿을 수도 없었다. 그렇다고 치맛단을 불러내 유리와 그렇고 그런 사이냐고 물을 순 없었다. 소문의 당사자에게 소문이 사실이냐고 묻는 바보가 대체 어디 있겠는가.

상담교사를 찾아가 이렇게 물어볼 수도 없었다.

"내 여자친구 문제로 상담하고 싶은데요. 남자랑 관계하고 여자랑 키스할 수 있나요?"

이렇게 유리에 관한 소문은 남학생 화장실 벽에서 시작되어 여학생 화장실 벽에서 끝났다. 전부터 화장실 벽이 가장 빠른 소문의 진원지란 건 알고 있었지만 소문의 주인공이 유리란 사실은 견딜 수 없었다. 상대가 일진짱이란 건 더욱 인정할 수 없었다. 레즈비언이란 소문은 생각하기도 싫었다. 그럼 나와 사귀는 일은 물 건너간 거니까. 일단 남학생 화장실로 달려가 문제의 낙서를 지웠다.

그날, 남학생 화장실에서 청소하는 아줌마와 부딪혔는데 내가 벌 청소를 하는 줄 알고 빡빡 지우라며 락스까지 건네주었다. 그 길로 여학생 화장실까지 달려가 유리와 치맛단에 대한 낙서를 찾아내 지우고 싶은 맘이 굴뚝같았지만 그럴 순 없었다. 거긴 남학생 출입금지 구역이란 말이다!

하지만 내가 화장실 벽의 낙서를 지웠다고 해서 소문까지 애들 기억에서 지워지는 것은 아닐 것이다. 누군가는 그 기억을 복제하고 가미하고 과장해서 전파시킨다. 인터넷에 올라온 악플들이 삭제된다고 해도 사라지지 않고 부풀려져 일파만파로 번지는 것처럼 말이다.

나는 소문만으로도 괴로웠지만 당사자에게 진실 여부를 물을 순 없었다. 의심의 눈초리로 유리의 아랫배를 훔쳐보는 게 전부였다. 유리의 아랫배가 좀 나왔다는 생각이 들긴 했지만 그럴 때마다 치맛단의 말을 되새겼다. 순전히 뱃살일 거라고 말이다.

"배고파. 뭐 좀 먹고 가자."

유리가 버스를 기다리다 말고 불쑥 학교 앞 분식집으로 향했다. 따라갈 수밖에 없었다. 유리는 메뉴판을 보지도 않고 떡볶이와 콜라를 시켰다.

"아까부터 먹고 싶었거든."

유리야, 너 진짜 임신한 거니? 매운 게 막 당겨?

떡볶이를 기다리는 동안 담임에게 칭찬받은 이야기를 꺼내려는데 유리가 먼저 말을 꺼냈다.

"너 '미운 사람 죽이기 놀이' 알아?"

"아니? 재밌겠다. 가르쳐줄래?"

당장 일진짱에게 적용되는 놀이인 것 같았다.

"난 혼자 있는 시간이 싫거든. 그래서 생각한 건데 혼자 놀 땐 이게 딱이더라."

내 생각에 유리가 혼자 있는 시간이란 잠잘 때뿐인 거 같았지만 그걸 물어볼 순 없었다. 가뜩이나 주변에 사람들이 많이 따라다녀서 '군중 속의 고독' 때문에 힘들어하는 강유리 아닌가.

"산 사람 사진을 오려서 영정 사진으로 만들어 노는 거지. 주변 사람 중에 그동안 내 손에 죽은 사람이 여럿이야. 아이돌도 꽤 있다?"

혼자 있을 때 넌 미운 사람 죽이기 놀이를 하는구나. 난 혼자서 진도 나가기 게임을 하는데. 게임의 승자는 언제나 나란다. 혼자서 하는 게임이니까. 돈도 안 들고 좋아. 그간 내가 너하고 얼마나 진도를 나갔는지 알면 엄청 놀랠걸?

나는 조심스레 물었다.

"혹시…… 가족도 죽여봤어?"

"더 친해지면 말해줄게."

유리가 무거운 표정으로 입을 다물었다. 이 대목에서 가슴이 뛰었다. 더 친해지면……이라는 말은 발전 가능성을 뜻하는 말이 아닌가.

떡볶이 2인분이 우리 앞에 놓였다. 유리가 떡볶이를 포크로 찍어 한입에 넣었다.

이제 내 차례였다.

"나 담임한테 칭찬받았어."

"헐, 왜 그랬니?"

유리가 안됐다는 표정을 지었다. 괜히 죄책감이 느껴졌다.

"담임이 문예부 지도교사잖아. 단편소설을 썼는데 더 발전시켜보재. 가능성이 있다나."

"너 문예부였니? 좀 구리다, 애."

아아, 이게 무슨 날벼락이람. 유리가 글 잘 쓰는 애를 좋아하는 게 아니었나. 글로 세상에 복수하는 게 가장 멋진 복수라고 한 말을 벌써 잊었나. 유리가 변덕쟁이라는 치맛단의 정보가 사실로 확인되는 순간이었다. 유리야, 날더러 어쩌란 말이냐. 이제 슬슬 재미가 붙으려 하는데 그냥 탈퇴해버려?

유리가 한숨을 쉬곤 포크를 내려놓았다.

"왜 그래? 오늘 학교에서 무슨 일 있었어?"

"넌 없었니? 성적표 받았잖아."

그랬다. 성적표가 가방 안에 있었지만 엄마는 성적에 신경 쓰는 타입이 아니었다. 그래서 성적표를 보여주지 않을 때가 많았다. 물론 성적이 너무 잘 나와 보여줄 필요가 없었다는 뜻은 아니다.

유리가 다시 한숨을 쉬었다. 우등생이 한숨이라니. 나 같은 앤

어찌 살라고.

"울 엄만 정말 나쁜 엄마야. 성적 떨어지면 완전 개무시하거든. '한 달에 너한테 들어가는 돈이 얼만데!' 하면서 개처럼 날뛸 땐 완전 미친년 같아."

내 귀를 의심했다. 엄마더러 미친년 같다니. 저렇게 예쁜 얼굴을 한 아이의 입에서 '개'란 단어가 서슴없이 튀어나오다니. 너무 신선했다.

"나, 영어 과외 레벨 테스트 하는 날 어땠는지 알아? 테스트지 보니까 열 받더라. 그래서 발음킹 되는 법 적고 나왔어."

"발음킹 되는 법? 그게 뭔데?"

"너도 알려줄까?"

유리가 스마트폰을 꺼내어 친구의 페북에서 다운 받은 걸 보여주었다.

발음킹 되는 법

APPLE = 애아쁘으

MILK= 미역

I'M SORRY = 음 쏴리

ORANGE = 어륀쥐

BANANA = 브내아느어

TOMATO = 틈메이러

HELP = 해협
GOOD MORNING = 굿 뭘닝
MUSICAL = 미유지클
TOWEL = 트아워으
NOTEBOOK = 넛북

웃음이 나왔다. 역시 강유리다. 유리퀸!

"근데도 상급반에 들어갔어. 이게 말이 된다고 생각하니? 상급반 애들이랑 머리 맞대고 공부하는 게 싫어서 일부러 그런 건데."

"넌 상위권이잖아. 우등생 그룹인 줄 아니까 넣어준 거겠지."

"엄마가 그러는데 내 성적도 강남 가면 하위권이래. 왜 내 성적을 강남 수준에 맞춰서 비교하며 괴로워해야 돼?"

유리가 갈증이 난다는 듯 빨대로 콜라를 쭈욱 들이켰다.

"난 엄마처럼 살지 않을 거야. 돈이면 다 되는 줄 아나 봐. 돈 처발라서 상급반에 집어넣는다고 능률이 오를 거 같아?"

그럴 것 같긴 않다는 표정으로 유리를 바라보았다.

"강남 학원가가 얼마나 골 때리는 줄 아니? 주차장에 들어갈 돈은 있는데 주차장이 꽉 차서 못 들어가. 그래서 엄만 나 학원 끝날 때까지 차 타고 학원 주변을 뱅뱅 돌아. 잠깐 화장실 갔다가 딱지 끊긴 적도 있대. 그렇게 10시에 학원 끝나고 나오면 날 태우고 집으로 달리는 거지. 집에 오면 완전 파김치, 웩이야."

유리가 파김치 냄새라도 맡은 것처럼 코를 막았다.

"왜 이렇게 살아야 돼? 내가 이렇게 불행한 건 다 엄마 때문인데, 엄만 오로지 날 위해서 산대. 이러니 내가 미치지 않겠니?"

부잣집 딸로 살아가는 것도 힘든 노릇이구나. 유리야, 네가 다시 보인다.

"한 시간에 33번 질문하는 여덟 살짜리 꼬마보다 엄마들이 더 지긋지긋해. 엄마들은 한 시간에 적어도 330번은 잔소리할 걸?"

지금이라도 당장 '나쁜 엄마의 자식들 모임'을 만들어 회원을 모집하고 싶은 심정이 들었다. 난 회장을 맡고 유리는 부회장을 시키고 싶었다. 우리 엄마가 유리 엄마보다 맹세코 더 나쁜 엄마일 테니까. 그래서 엄마한테 드디어 어떤 모임에 소속되었다고 자랑하고 싶었다. 게다가 그 모임의 짱까지 맡았다고. 모임의 이름을 말해주는 순간, 엄마의 표정이 어떻게 변할지 상상만으로도 고소했다.

유리가 식어가는 떡볶이 접시를 노려보았다.

"더럽게도 맵네……"

유리가 일진짱과 사귄다는 소문이 사실일까? 아님 레즈비언일까? 정말 치맛단과 키스했을까? 혹시 진짜로 임신해서 성적이 떨어진 건 아닐까?

유리에 대한 애정이 커질수록 의심하는 마음도 커졌다. 그래. 나도 별수 없는 평범한 남자다. 고딩 남자.

나야말로 접시에 통째로 고개를 처박고 싶은 심정이었다.

시를 쓰다 잠들다 vs. 소설을 쓰며 잠들다

엄마와 전갈의 관계가 무르익어 간다. 요즘 들어 부쩍 밤늦은 시간까지 엄마의 방문 밖으로 불빛이 새어 나올 때가 많았다. 문을 열어보면 엄마가 컴퓨터 키보드에 머리를 박고 잠들어 있을 때도 있었다.

엄마의 블로그엔 비공개 답글이 늘어났다. 비밀 댓글도 늘어났다. 남의 시보다 엄마의 시가 올라오는 횟수도 늘어났다. 엄마는 방문자가 볼 수 없도록—즉, 내가 못 읽도록!—답글에 자물쇠를 걸어놓았다. 이상하게 엄마의 방문이 굳게 잠겨 있는 것보다 더 서운한 마음이 들었다.

나는 날마다 늘어나는 자물쇠로 인해 더 이상 엄마의 댓글을 읽을 수 없게 되었다. 엄마가 마지막으로 공개한 전갈과의 댓글질을 여기 소개한다. 완전 무한대로 어이없어서 혼자선 도저히 감당할 수 없었던 둘의 대화를.

어머니

이 몸은 어머니에게 건강한 육신을 물려받은 스물넷의 사내이옵니다.
일찍이 홀로되신 어머니를 기쁘게 해드리는 것이 나의 기쁨이었어요.
어느 날 내 가슴을 뿌리째 뒤흔든 여인을 만났지요. 여인은 너무나 아
름다웠어요. 어머니에게 데리고 가 자랑하고 싶었지요.
하루는 여인에게 선물을 하고 싶었어요. 여인은 내게 말했지요. "네
엄마의 심장을 가져와."
하는 수 없었어요. 그렇게 하지 않으면 여인이 나를 떠날 테니까요.
나는 한밤중에 곤하게 주무시는 어머니의 심장을 도려내었어요. 그
리고 여인에게 달려갔지요. 너무나 빨리 달린 나머지 나는 돌부리에
걸려 심장을 놓치고 말았어요. 그러자 근심스러운 듯 심장이 내게 물
었어요. "아들아, 어디 다친 데 없니?"

전갈 흑. 감동(!_!)

└ **무화과** 쑥스ㅋ 어느 날 라디오에서 저 이야길 듣고 미친 듯 받아
  적었답니다. 모성은 모든 영감의 시작. 세상에서 가장 강한
  건 모성ㅠ.ㅠ

└ **전갈** 공감(^-^) 거기 한마디만 덧붙이고 싶네요. 세상에서 가장
  '끔찍하게' 강한 건 모성()_<)

└ **무화과** 재청ㅋ

└ **전갈** 반복ㅎ

└ **무화과** 승인ㅋㅋㅋ

나쁜 엄마 주제에 모성 찬양이라니. 가소로웠다. 누군가 무언가를 찬양할 때 속지 말아야 한다. 무언가를 열렬히 찬양한다는 것은 그 모습과 너무 동떨어져 있어서 그러는 거니까.

속지 마, 전갈. 엄마 말투는 평소에 저렇지 않아. 저렇게 부드럽지 않다구. 다 가면이야. 스물일곱밖에 안 된 주제에 맞장구치는 전갈은 또 어떻고. 청춘 예찬이라면 또 몰라. 맞장구칠 걸 쳐야지.

정말이지 뻔뻔함과 무지함으로는 완벽한 조화를 이루는 커플이었다. 차라리 '우리는 모성이 뭔지 몰라도 너무 모르는 사람들 1순위입니다'라고 솔직하게 실토하는 게 어떠셔? 그리고 제발 이모티콘 좀 쓰지 마. 안 어울려.

학교에서 수업을 받다가도, 야자 시간에도, 문예부에서도 전갈의 나이가 불쑥불쑥 떠올랐다. 스물일곱. 나랑 아홉 살 차이다. 나의 세 가지 소원 목록 제1호가 아버지이긴 하지만 전갈이 내 아버지가 되기엔 너무 어린 게 아닐까? 엄마의 연인이 되기에도.

엄마는 평소에 위아래로 10년까지는 소화할 수 있다고 큰소리쳐 왔다. 남자들은 도둑놈 심보라 아래로만 10년을 소화한다고 큰소리치지만, 엄마는 위로 10년도 상관없다고 했다. 그런데 상대가 막상 9년이 어리다고 하니까 꽤나 긴장한 눈치다.

둘은 만나자는 말은 않고 댓글놀이만 해댔다. 마치 먼저 만나자고 말하는 쪽이 지는 게임을 하고 있는 사람들처럼. 엄마는 이 게임에서만큼은 이기기로 결심한 것 같았다. 전갈도 그래 보였다.

흥, 댓글질을 해보니 갈수록 이상형이셔?

나는 온통 자물쇠 마크로 도배질된 엄마의 블로그 창을 닫았다. 그리고 조용히 엄마의 방문을 닫으며 나왔다.

하교 후 유리와 집에 오는 버스를 함께 탔다. 가방 안엔 내 두번째 단편소설이 실린 교지가 두 권 들어 있었다. 두번째 단편소설의 제목은 「미. 아」인데 미혼모와 시한부 인생을 사는 아들이 어느 날, 우주로 소풍을 떠나는 SF 소설이다. 물론, 엄마와 나와는 아무런 상관이 없는 이야기다. 우리는 그 흔한 북한산도, 하다못해 동네 뒷산도 함께 가본 적이 없으니까.

유리에게 주려고 학교에서 여분의 교지를 챙겨왔다. 막상 내밀려니 쑥스럽다는 생각이 고개를 쳐들었다. 가방에서 교지를 꺼낼까 말까 망설이는데 유리가 먼저 말을 꺼냈다.

"교지에서 네 소설 읽었어. 재밌더라."

"그래? 어떤 점이?"

"으음……"

유리는 대답하지 못했다. 재밌는 대목을 떠올리려는 표정은 아니었다. 어쩐지, 유리의 마음이 다른 곳에 가 있는 것만 같았다.

"미안. 한 번 더 읽고 나서 담에 말해줄게."

"괜찮아. 일부러 그럴 거 없어."

유리가 창밖을 내다봤다. 옆모습이 귀여웠다. 얼굴이 예뻐서 옆모습도 예쁠 줄만 알았는데……

"유리야."

"왜?"

"이제부터 오빠라고 불러."

"오빠 좋아하네. 약 먹었냐?"

"나 1월생이거든. 그러니까 오빠지. 보나마나."

"나두 1월생인데?"

갑자기 불안해졌다. 유리가 물었다.

"1월 며칠인데?"

나는 머뭇거렸다. 유리가 다그쳤다.

"며칠이냐구!"

"……넌?"

유리가 대답 대신 입을 삐죽였다. 여전히 귀여웠다. 유리처럼 예쁜 여친에, 유리처럼 귀여운 여동생까지 있다면 얼마나 좋을까?

"며……칠인데?"

나는 불안한 기색을 감추며 물었다. 유리가 와락, 소리를 질렀다.

"그래! 나 1월 31일생이다. 됐니?"

휴, 살았다.

"난 1월 30일이야. 하루 먼저 태어났으니까 오빠라고 불러."

"까불고 있어. 그깟 하루 가지고."

우리는 오랜만에 함께 웃었다. 갑자기 버스가 횡단보도 앞에서 급브레이크를 밟았다. 유리의 상체가 앞으로 심하게 쏠렸다. 유리가 낯빛이 하얘지더니 입을 가렸다. 기사 아저씨가 창문을 열고 소리를 질렀다.

"할머니! 신호등 안 보여요?"

창밖을 내다보았다. 신호등이 빨간불인데 할머니가 길을 건너고 있었다. 버스 안의 승객들이 할머니가 횡단보도를 건너는 모습을 조마조마하게 지켜봤다. 마침내 할머니가 횡단보도를 다 건너자 기다렸다는 듯 버스가 출발했다.

순간 유리가 '우웩' 하며 입을 틀어막았다. 가슴이 철렁 내려앉았다. 너 혹시 입덧하는 거니?

남학생 화장실 벽에서 시작된 소문과 여학생 화장실 벽에서 끝난 소문. 둘 다 사실일까. 하나만 사실일까. 머릿속이 점점 꼬여 갔다.

유리가 창밖으로 고개를 돌렸다. 나는 주먹을 쥐었다.

나쁜 자식. 네가 누구건 넌 오늘부터 나의 적이다. 맹세코 네게 글로 복수하리라. 세상에서 가장 멋진 복수를.

오늘도 밤늦도록 엄마와 내 방에 불이 켜져 있다. 엄마는 시를 쓰다 잠들고 나는 소설을 쓰며 잠든다.

블로그에 올라온 엄마의 시.

꽃이래

이름을 물었더니 꽃이래

무슨 꽃이냐 물었더니 그냥 꽃이래

그래 너는 꽃

그냥 꽃아

너는 필 때 아팠니 울었니 행복했니

백합꽃은 '라'음이라는데 너는 무슨 음으로 노래하니

일진회, 청문회

점심시간이었다. 엊그제 전학 온 애가 일진들이 찜해놓은 창가 전용 식탁에 자리를 잡고 앉았다. 일진들이 결석하는 날에도 창가 자리는 언제나 비워져 있었다.

아무도 전학생 앞에 앉지 않았고 누구도 그 애에게 그 자리가 일진회 전용석이란 말을 해주지 않았다. 식탁 위엔 내가 일진을 위해 미리 떠다 놓은 물컵이 놓여 있었다. 형수와 정욱이 떠다 놓은 물컵도.

나는 일부러 전학생에게 다가가 앞자리에 식판을 올려놓았다. 첫인상으로 사람을 판단하는 건 옳지 않지만 일진과 붙으면 한 방에 나동그라질 마른 체구였다. 전학생이 반갑다는 표정을 지었다. 나도 웃어주었다. 나는 전학생과 마주 앉아 점심을 먹기 시작했다.

"다음부턴 이 자리에 앉지 마."

"왜?"

전학생이 의아한 표정으로 나를 바라보았다.

"일진회 지정석이거든."

사색이 된 전학생이 식판을 들고 일어나 잽싸게 자리를 옮겼다.
부끄러웠다. 나는 묵묵히 자리를 지키며 식사를 이어갔다.

잠시 후 일진회 애들이 식당에 들어섰다. 일진짱의 왼팔이 나를
보며 소리쳤다.

"어쭈, 저것 봐라? 야, 안 일어나?"

일진짱이 쉿, 하며 왼팔을 제지했다. 나는 내친김에 일진을 위
해 미리 떠다 놓은 물컵을 들고 단숨에 마셔버렸다. 짱이 날 보며
회심의 미소를 지었다. 나 역시 미소로 답했다. 나는 웃는 얼굴에
침 뱉는 인간은 아니니까.

방과 후 청소 시간이 돌아왔다.

"야, 주전자!"

일진짱이 날 불렀다. 올 것이 왔다는 생각이 들었다.

내 별명은 주전자다. 정확히 말하면 주전자3이다. 일진짱에게
물을 떠다 주는 형수는 평소에 주전자1로, 짱의 오른팔에게 물을
떠다 주는 정욱은 주전자2로, 짱의 왼팔에게 물을 떠다 주는 나는
주전자3으로 불린다. 우리들은 물을 컵에 담아 나르기 때문에 컵
1, 2, 3으로 불려도 될 법했지만 일진회 애들은 우리를 주전자1, 2,
3으로 불렀다.

나는 대답하지 않았다. 형수와 정욱이 보이지 않아서 날 부르는 게 확실했다. 하지만 주전자3이라고 정확하게 부른 것도 아니었으니까.

"주전자3!"

짱의 목소리가 커졌다. 대답을 해야 했다. 그래도 대답하지 않았다. 하기 싫었으니까.

짱이 오른팔과 왼팔을 대동하고 내게 다가왔다. 왼팔이 짱의 눈치를 살피며 물었다. 짱의 심기가 불편해 보였다.

"야! 짱이 부르는데 안 들려?"

"점심시간 아니잖아. 물 떠다 주는 거 말고 나한테 볼일 있어?"

짱이 '이것 봐라' 하는 표정을 지으며 옆으로 침을 찍 뱉었다. 좀 누랬다. 건강한 사람의 침으로 보이진 않았다. '매일 아침 사과 한 개'란 대머리 의사표 인생의 비밀 따위엔 관심이 없어 보였다. 교실 바닥을 청소하던 애들이 더럽다는 듯 얼굴을 찌푸리곤 고개를 돌렸다.

짱이 말했다.

"나와."

"청소 당번이거든."

"너 요즘 어디 근질근질하냐?"

짱이 오른팔과 왼팔에게 눈짓했다. 나는 놈들에게 오른팔과 왼팔을 들린 채 그대로 교실 밖으로 끌려나갔다. 교실을 청소하던 아이들이 짱의 침을 외면할 때처럼 다시 한 번 고개를 돌렸다. 전학생도 예외는 아니었다.

  나는 일진회 아지트인 학교 뒷산으로 끌려갔다. 뒷산은 한마디로 뒷산다웠다. 분위기가 지저분하고 음침했다. 일진회 아지트란 소문 때문에 딴 애들은 평소에 별로 안 오는 것 같았다. 빈 맥주 캔과 소주병과 담배꽁초가 낙엽과 함께 나뒹굴고 있었다. 맘에 드는 분위기는 아니었다.

  일진회 놈들이 동작을 개시했다. 동작엔 순서가 있었다. 나름 민첩했다. 먼저 짱의 오른팔이 내 입에 수건을 물렸다. 짱의 왼팔은 날 나무 기둥으로 몰아세웠다. 짱이 가방에서 글러브를 꺼냈다. 글러브엔 이종격투기 선수 효도르의 사인이 써 있었는데 아무래도 짱 글씨체 같았다. 학교엔 이종격투기부가 없었다. 글러브는 선도부에게 걸릴 물건이었다. 하지만 그럴 일은 없었다. 일진회가 선도부니까.

  다시 짱의 오른팔이 내 오른팔을 꽉 잡았다. 짱의 왼팔은 내 왼팔을 꽉 잡았다. 나머지 조무래기 두 명은 망을 봤다. 눈빛도 표정도 자세도 전부 어색했다. 모두 고문기술학교를 어설프게 졸업한 애들 같았다. 짱이 글러브를 꽉 끼며 자세를 다졌다.

  "우리 꼰대가 젤 싫어하는 행동이 뭔지 알아?"

  내가 알게 뭐냐.

  "두 번 말하게 하는 것."

  퍽! 짱이 내 얼굴을 가격했다. 빨랐다. 미처 아픔을 느낄 새도 없이.

"내가 누구냐?"

그걸 네가 모르면 누가 아냐?

"꼰대 아들이거든."

나는 반항도 신음 소리도 낼 수 없었다. 중딩 때 빵 셔틀을 하면서 고딩이 되면 이런 일은 졸업하겠지 했는데 또 걸려들었다. 이젠 물 셔틀이라니. 지긋지긋했다. 내 자신이 너무 혐오스러웠다. 차라리 이 기회에 맞아 죽고 싶다는 생각이 들었다. 놈이 누구든 간에. 놈의 사기를 진작시켜야 했다. 나는 짱을 비웃듯 노려보았다.

"평생 꼰대 그늘에서 살아라. 짜샤."

예상대로 놈의 사기가 진작되었다. 짱의 오른팔은 내 오른팔을, 짱의 왼팔은 내 왼팔을 다시 꽉 잡았다. 짱이 내 예상을 벗어나는 놈은 못 된다는 생각에 시시해졌다.

퍼버벅! 짱의 글러브가 날아왔다. 내 눈에서 파란 불꽃이 이는 듯했다. 차라리 두 눈알을 코 한가운데로 모으고 픽 쓰러지고 싶었다.

짱이 글러브를 벗고 나무 뒤로 물을 빼러 갔다. 짱의 왼팔이 선심 쓰듯 내게 귓속말로 정보를 흘렸다. 왼팔에게서 입 냄새가 전해졌다. 니코틴에 절은 냄새였다.

"이게 꼭 매를 번단 말이야. 꼰대 얘기는 말이야. 짱이 먼저 꺼내기 전엔 말이야. 꺼내는 게 아니란 말이야…… 짱이 젤 꼼짝 못하는 사람이 꼰대거든…… 알았냐? 이 말이야."

왼팔이 옛날 조폭 영화에 나오는 조폭 말투를 흉내 냈다. 엊그제 새로 익혔는지 어색했다. 내 귀엔 전부 "마리아"로 들렸다. 짱의 비밀을 함부로 누설하다니 역시 왼팔다웠다.

왼팔이 오른손으로 내 뺨을 한 대 쳤다. 이 대목에서 손이 날아오는 건 앞뒤가 안 맞았다. 왼팔은 어떤 상황에서든 앞뒤가 안 맞는 행동을 한다는 점에서 일관성이 있었다. 게다가 별로 아프지도 않았다. 역시 짱의 글러브가 짱이었다.

짱은 아직도 나무 뒤에서 물을 빼고 있었다. 물줄기가 낮은 포물선을 그리며 날아갔다. 그리 세지도 않으면서 길었다. 가늘고 길게 살 놈이었다.

짱이 돌아와서 다시 글러브를 꼈다. 손을 씻을 데가 없어서 씻지 않고 낀 게 확실했다. 씻을 데가 있다 해도 씻지 않을 놈이었다. 침도 누런 걸 보면 말이다. 저 글러브에 내 손을 집어넣으라면 차라리 한 대 더 맞는 게 나을 것 같았다.

짱이 글러브를 내 코앞에 갖다 댔다.

"너도 한번 껴볼래?"

내가 고개를 젓기도 전에 짱의 오른팔이 재빨리 반대하고 나섰다. 오른팔의 눈엔 질투의 빛이 숨겨져 있었다.

"짱, 그건 아니지. 아무나 끼는 글러브가 아니잖아."

"농담이다, 임마."

오른팔이 괜히 고마웠다.

짱이 글러브 낀 두 주먹을 내 얼굴 앞에서 팡팡 맞부딪쳤다. 무게를 잡으려는 것 같았다. 예상대로 짱이 목소리를 깔았다.

"지금부터 묻는 말에 예, 아니요로 솔직히 답해주길 바란다."

지금 청문회하냐. 입에 수건이 물려 있는데 어떻게 답을 해? 그리고 내가 왜 너한테 존댓말을 하냐?

"너 내 자리가 탐나냐?"

나는 고개를 저었다.

"너 강유리빠냐?"

다시 고개를 저었다.

"강유리가 네 깔이냐?"

나는 계속 고개를 저었다.

"강유리 먹어봤냐고, 새꺄!"

저속한 질문들이 점층법으로 날아왔다. 나는 좀 전보다 빠른 속도로 고개를 저었다. 저런 저속한 표현에 고개를 끄덕일 순 없었다. 나야말로 짱에게 '네가 유리 배 속에 든 아이 아빠냐?'고 묻고 싶었지만 참았다. 그럼 소문을 사실로 인정하는 거니까.

짱이 내 눈을 노려보았다. 나도 짱의 눈을 노려보았다. 3초가 흘렀다.

"됐다. 가봐."

짱이 눈빛을 풀며 글러브를 벗었다. 오른팔과 왼팔이 물러섰다. 조무래기들도 물러났다. 만일 1초만 더 지났다면 내 눈빛이 먼저 풀렸을 것이다. 짱의 코에 난 여드름 때문에 곧 웃음이 터질 것 같았으니까. 게다가 곪기 전에 짜버린 여드름은 짱의 코에 생채기를 내고 있었다. 여드름을 곪기 전에 짜면 생채기가 난다는 기본 상식도 모르는 놈이었다.

짱이 비웃듯 물었다.

"니가 쓴 소설 말야."

짱의 품평 따윈 듣고 싶지 않았다. 그래도 궁금했다.

"그게 소설이냐? 만화지. 뭣도 모르는 새끼."

짱의 오른팔과 왼팔이 차례로 킬킬거렸다. 절로 두 주먹이 불끈 쥐어졌다.

"야아아아~~!"

짱에게 달려가려는 순간, 짱의 왼팔과 오른팔이 잽싸게 내 왼팔과 오른팔을 잡았다. 퍽! 글러브도 없이 주먹 한 대가 날아왔다. 나는 그대로 주저앉았다. 짱은 그대로 돌아서 갔다.

"저 새끼 괜히 찍었어. 잃을 게 없는 새끼들은 찍는 게 아닌데. 독한 새끼……"

왼팔이 짱의 말에 동조한다는 듯 고개를 끄덕였다. 그러곤 담배를 꺼내 짱에게 내밀었다. 짱이 담배를 받아들곤 꼬나물었다. 조무래기 한 명이 라이터를 켜서 짱에게 불을 붙여주었다. 라이터엔 '짱구노래방'이라고 적혀 있었다. 다들 청소년수련관 노래방 취향은 아닌 것 같았다.

뒷산에서 서둘러 내려왔다. 짱에게 유리랑 친하다고 말하지 않은 건 맹세코 겁이 나서 그런 게 아니다. 짱에게 진실을 말할 순 없었다. 평생 골든 레트리버 종과는 상대할 일 없는 잡종 똥개 자식 따위에게……

짱을 똥개라 수십 번 발음해도 쾌감은 없었다.

놈들의 아지트를 벗어나 학교 운동장을 가로질러 교문을 향해 걸었다. 교문 위에 '학교폭력 가해·피해 자진신고 기간 117 또는 교육청'이란 현수막이 붙어 있었다. 얼마 전에 새로 온 배움터지 킴이는 오늘따라 보이지 않았다. 왈카닥, 교문 위로 올라가 현수막을 떼어내 버리고 싶어졌다.

집에 오자마자 화장실로 달려갔다. 엄마가 오기 전에 세수하고 연고라도 바르고 있어야 했다. 급하게 화장실 문을 열었다.

"앗, 깜짝이야."

엄마가 화장실에서 세수를 하고 있었다.

"노크도 안 하고 문을 열면 어떡해?"

나는 엄마가 볼까 봐 손바닥으로 대충 얼굴을 가렸다.

"잠그고 있어야지."

"혼자 있는데 뭐하러 잠가?"

"갑자기 누가 올 수도 있잖아."

"이 집에 올 사람이 너밖에 더 있나?"

세수를 마친 엄마가 수건으로 얼굴을 닦았다. 엄마가 세면대 거울을 보며 눈가에 아이크림을 바르기 시작했다. 거울 속 엄마에게 물었다.

"만날 거야?"

"미쳤니?"

누구냐고 묻지도 않았는데. 요즘 엄마의 머릿속은 온통 전갈뿐인가 보다.

"그 비싼 아이크림은 왜 자꾸 바르시나. 만나지도 않을 거면서."

"하나 사 주고 그런 소릴 하세요."

엄마가 거울을 통해 내 얼굴을 쳐다봤다.

"손은 왜 그러고 있어?"

나는 손바닥으로 계속 얼굴을 가리며 턱을 쓰다듬는 척했다.

"요새 수염이 나는 거 같아서."

"여드름 학교는 졸업했고?"

"그런 셈이지."

엄마가 피식 웃었다.

"문 닫아."

나는 화장실 문을 닫았다. 엄마가 볼까 봐 손바닥으로 얼굴을 가릴 필요는 없었다. 자기 눈가의 주름에 집중하느라 내 눈 밑의 시퍼런 멍 자국을 어차피 못 알아보았을 테니까.

개 같은 날

"뭐 이런 개 같은 경우가 다 있냐……"

엄마가 외식을 하자고 해서 퇴근 시간에 맞춰 중개사 사무실로 갔다. 내가 들어서자마자 엄마는 십팔번을 내뱉으며 씩씩댔다. 구청 지적과에서 엄마의 공인중개사 사무실에 들이닥쳐 6개월 영업 정지 명령을 내렸다고 했다.

엄마는 얼마 전 블로그에 A아파트 매물을 올려놓았다. 주인이 실제 내놓은 가격보다 백만 원 싼 가격으로 올렸다고 했다. A아파트는 저층에다 길가와 붙어 있어 위치가 좋지 않은 탓에 최근 가격이 계속 떨어지고 있었다. 그래서 집주인이 엄마의 사무실에 아파트를 내놓을 때 백만 원 정도는 다시 가격 조정이 가능하다고 했기 때문에 안심하고 올린 것이 화근이었다.

그런데 한 손님이 블로그를 보고 엄마의 사무실에 전화를 해서 그 가격이 사실이냐고 했다. 엄마는 무조건 오라고 했다. 요즘 손님이 너무 없어서 일단은 오게 한 뒤 솔직하게 말하려고 했다.

그 손님은 온다고 말하고 오지 않았다. 그리고 엄마의 중개사 사무실을 신고했다. 요즘 같은 불경기에 중개사가 허위로 숫자를 기재해서 손님을 농락했다는 걸 용서할 수 없다는 것이다. 그 손님은 엄마랑 전화한 내용까지 녹취해놓았다고 했다. 엄마는 잘못을 시인했다. 부동산 경기가 너무 안 좋아서 잠시 머리가 어떻게 됐었나 보다고.

그런데 알고 보니 그 손님이 바로 A아파트의 주인이었다. 집주인은 백만 원 때문에 화가 나서 엄마를 신고했고, 엄마는 백만 원 때문에 6개월 영업정지를 받았다.

엄마는 요즘 불경기 때문에 힘들어하는 중개사 사무실이 한두 곳이 아닌데 영업정지까지 먹으니 정말 중개사 할 맛이 안 난다고 투덜거렸다.

엄마가 계산기를 꺼내더니 6개월 잠정 실업에 대한 대책을 세웠다. 계산기에 코를 박고 열심히 두들기는 모습을 보니 회계사가 되고도 남을 인물처럼 보였다. 하지만 현실에선 갚아야 할 은행이자의 액수만 늘어나고 있었다. 집에 가서 밥이나 해먹는 게 낫겠다는 말이 목구멍까지 올라왔다.

엄마가 계산기를 서랍에 집어넣으며 일어섰다.

"이 직업을 갖지 않았다면 평생 안 만나도 될 사람들을 너무 많이 만났어."

드디어 실토를 하시는군. 아직 늦지 않았다니까. 바리스타, 소믈리에. 그리고 좀 힘들겠지만 파티시에.

엄마가 날 포장마차에 데리고 갔다. 레스토랑이나 와인바라면 더 좋았겠지만 6개월 동안 실업자가 된 엄마에게 그렇게 말할 수는 없었다. 고딩 출입도 눈감아준다는 와인바 정도는 소문을 들어 알고 있었다. 한때는 유리와 일진짱이 단골로 출입했다는 소문이 나도는 곳이어서 굳이 엄마에게 소개하고 싶진 않았다.

포장마차엔 내 또래 고딩은 보이지 않았다. 그래도 보호자가 있어선지 주인아줌마가 나더러 나가란 말은 하지 않았다. 엄마가 소주와 잔치국수, 데친 오징어, 닭발을 시켰다. 엄마가 내 잔에 소주를 따라 주어서 그냥 마셨다. 건배할 일은 없었지만 우리는 잔을 짠, 부딪쳤다. 그리고 말없이 소주를 마시기 시작했다. 닭발엔 아무도 손대지 않았는데 왜 시켰는지 엄마에게 묻진 않았다. 아마 내가 먹을 수 있을 거라 오해한 것 같았다. 거봐. 내 의견은 묻지도 않는다니까.

테이블 위에 빈 소주병이 두 병으로 늘어날 무렵 엄마가 말했다.

"당분간 블로그도 닫아야겠어."

"왜애?"

내심 반가웠지만 티를 낼 순 없었다.

"사무실까지 닫는 마당인데 뭐 어떠니? 블로그 때문에 사무실 문 닫게 됐잖아."

엄마가 피식 웃었다. 평소 전갈과 댓글놀이를 할 때마다 떠오르던 미소와는 느낌이 달랐다. 어딘지 쓸쓸한 냄새가 났다.

싸웠나? 혹시 그런 거야? 연인들의 사랑싸움 같은 거? 엊그제 들어갔던 엄마의 블로그에선 그런 낌새는 눈치 못 챘는데. 현실에선 만나지도 않으면서 온라인에서 싸우는 연인들은 어떻게 사랑싸움을 하는지 궁금했다. 같은 공간이 아닌 각자의 공간에서 함께 밤을 새워가며 관계가 무르익은 연인들 말이다.

엄마가 빈 소주잔을 들이켰다. 엄마도 나도 소주를 더 이상 마실 맘은 없었다. 솔직히 첫 잔부터 너무 썼다. 내게 소주는 너무 쓰다고 엄마에게 말하기엔 자존심이 상했다.

엄마가 테이블 위에 빈 소주잔을 내려놓았다.

"경험이란 거…… 반드시 좋은 건 아냐. 인생에서 반드시 경험으로 뭔가를 배울 필요는 없어. 세상엔 아무런 교훈이 없는 나쁜 경험도 있단다."

예를 들면 전갈과의 댓글질?

"내가 고등학교 때 널 임신한 건 나쁜 경험이었지. 미친개한테 물린 거야. 결과적으로……"

갑자기 술이 확 올라왔다. 나쁜 경험이라니. 내 아버지더러 미친개라니. 그럼 나는 미친개 자식인가.

속이 뒤집힌 건 난데 엄마가 화장실에 간다고 일어섰다. 엄마가 비틀거렸지만 부축해줄 맘은 비둘기 똥만큼도 없었다.

"나 조옴 봐주실래여?"

엄마가 화장실에 가다 말고 옆 테이블 앞에 멈춰 섰다. 저렇게 혀 꼬인 목소린 처음이었다. 옆 테이블의 아저씨 두 명이 소주를 마시다 말고 엄마를 쳐다봤다. 내가 봐도 민망할 정도로 생뚱맞은 표정들이었다.

넥타이를 맨 아저씨가 대답했다.

"봤는데요."

나라면 저렇게 느슨하게 넥타이를 매진 않을 텐데. 아예 풀어버리던지 꽉 매던지 할 것이다. 저건 평범한 게 아니라 어중간한 것이다.

"내가요오, 그렇게 여자로서 매력이 없어 보여요?"

넥타이를 맨 아저씨가 피식 웃었다. 엄마가 다그쳤다.

"내가 그렇게 요만큼도, 매력 없어 보이냐구요오."

"아뇨. 매력이 철철 넘치세요. 한잔하실래요?"

이번에는 물방울무늬 티셔츠를 입은 아저씨가 능글맞게 웃으며 엄마에게 소주잔을 내밀었다. 티셔츠에 박힌 똑같은 크기의 물방울무늬가 맘에 들지 않았다. 자신이 먹던 잔을 엄마에게 그대로 내미는 매너도 맘에 안 들긴 마찬가지였다.

나는 자리에서 일어섰다. 더 이상 여기 있을 이유가 없었다. 기분이 아주 개 같아졌으니까. 엄마가 소주잔을 보며 고개를 저었다.

"애 아빠가 그래서 날 떠났대요. 내가 여자로서 눈곱만큼도 매력 없대요."

엄마가 손가락으로 엑스 자 표시를 하며 재차 강조했다.

"전혀!"

나는 자리에서 멈춰 섰다. 아버지가 엄마를 떠난 이유를 이런 식으로 전해 듣다니. 정말 개 같은 날이었다.

엄마는 고딩 때 임신한 나쁜 소녀, 9년 연하의 댓글놀이 상대론 나쁜 상대, 아버지에겐 여자도 못 되는 나쁜 여자, 나에겐 두말할 것도 없는 나쁜 엄마. 나쁘다. 지연옥 여사는 초지일관 나쁘다.

엄만 여자도 아냐! 내가 봐도 아냐! 그러니까 아버지가 도망갔지! 나라도 도망갔을 거야! 세상에 어떤 남자가 엄마한테 붙어 있겠냐!

나는 포장마차를 뛰쳐나왔다. 넥타이와 물방울무늬 티셔츠도 더 이상 엄마에게 앉으라고 권하지 않았다. 엄마가 따라 나왔다. 주인아줌마가 쫓아 나와 술값 내고 가라고 소리쳤다. 떼어먹힐 줄 알았던 술값에 비해 너무 큰 목소리였다.

엄마가 술값을 계산하고 나서 내 팔짱을 꼈다. 간 큰 여자 같으니. 지금 팔짱 낄 기분 아니거든요. 엄마가 내 얼굴을 쳐다봤다. 무슨 낯으로 내 얼굴을 쳐다봐? 아주 간이 부으셨군.

엄마가 화들짝 놀라 소리쳤다.

"너 이게 뭐니? 맞은 거야?"

맞았다고 답하진 않았지만 엄마는 확신했다.

"누구한테? 얼마나!"

참 빨리도 알아보시네. 취하니까 그동안 안 보이던 게 보이나 보지? 똥개 새끼한테 맞았어. 한 방에 나가떨어졌지. 나머지 두 방은 보너스였어.

"어차피 관심 없잖아. 언제 신경이나 썼어?"

나는 엄마를 확 뿌리치고 나서 달리기 시작했다.

나쁜 엄마의 자식들 모임

쉬는 시간에 유리가 조퇴를 했다. 짧은 치맛단으로 날마다 교문을 무사통과하듯 담임도 무사통과였다. 우등생이라고 봐주진 않는다더니만.

갑자기 조퇴라니. 아이라도 떼러 가려는 걸까. 가방을 싸서 교실을 나서는 유리의 낯빛이 파리했다. 혹시 어제 저녁부터 금식해서 얼굴이 파리한 게 아닐까? 아이를 떼려면 금식해야 한다잖아.

나도 슬슬 가방을 쌌다. 그러곤 자리에서 일어나 그 길로 유리를 따라나섰다. 쉬는 시간이라 내 행동을 주시하는 아이는 없었다. 하기야 수업 시간에도 마찬가지지만. 담임에게 혼날 일은 나중에 생각하기로 했다.

학교 앞 택시 정류장에서 유리가 택시를 잡았다. 낯빛처럼 파리한 손짓이었다. 유리를 따라잡으려면 나도 뒤에 오는 택시를 잡는 수밖에 없었다.

"저 택시 좀 따라가 주세요."

택시 기사 아저씨가 흥미롭단 표정을 지었다. 기사 아저씨는 007 작전을 예상했을지 모르지만 이 작전명은 강유리였다. '작전명 강유리'는 여전히 진행 중이었다.

택시에서 유리가 내린 곳은 어느 병원 건물 앞이었다. 유리가 들어간 곳도 병원 건물이었다. 내 가슴은 살아 있는 생선처럼 펄떡거렸다. 진정시키려 할수록 요란하게 퍼덕댔다. 나는 유리가 들어간 병원 건물로 뒤따라 들어갔다. 층별로 표시된 진료 과목에 산부인과 간판이 눈에 띄었다.

아, 예상대로……

두 다리에 힘이 쫙 풀렸다. 그대로 주저앉고 싶었지만 그럴 수가 없었다. 어쩐지 유리가 사복으로 갈아입고 여자 화장실에서 뛰어나올 것만 같았다. 나는 병원 문을 나섰다.

유리가 나올 때까지 병원 앞에서 기다렸다. 병원 복도에서 기다리면 사람들이 나를 보호자로, 아니 유리의 애아버지로 오해할 것 같았다. 어쨌거나 보호자도 없이 수술하러 왔으니 내가 기다려야 하지 않겠는가. 유리가 가여웠다. 집엔 가족들이 있고 학교엔 강유리빠가 그렇게 많은데 산부인과에 같이 와줄 사람 하나 없다니.

한 시간이 지나자 더는 견딜 수가 없었다. '내가 왜 기다리지? 내가 보호자야? 더군다나 내 애도 아니잖아?' 나는 발걸음을 돌렸다. 학교로 돌아가야겠다는 내 의지와 상관없이 발걸음은 집을 향했다.

강유리, 너랑은 끝이다. 이걸로 끝이야.

유리와 끝났다고 생각하자 내 인생도 끝난 것 같았다.

집으로 돌아와 교복도 갈아입지 않은 채 책상에 앉아 국어 교과서를 펼쳤다. 담임의 명령대로 아예 통째로 외워버릴 작정이었다. 단 한 글자도 눈에 들어오지 않았다. 이럴 바에야 거꾸로 들고 읽어도 될 거 같았다. 나는 교과서를 덮어버렸다.

집 근처 공원을 달렸다. 달밤에 공원 달리기. 주머니에서 핸드폰이 진동했다. 유리였다. 가슴이 뛰었다.

"어디니?"

"공원이야."

"거기로 갈게."

갑자기 무슨 일이냐고 묻기도 전에 유리가 전화를 끊었다. 다시 가슴이 뛰었다. 아예 환희로 부풀고 있었다. 아직…… 유리와 끝난 건 아니었다.

10분 후 유리가 가방을 들고 공원에 나타났다. 잠시 후면 유리가 저 가방을 들고 강남 학원으로 진출할 것만 같아 불안해졌다. 유리야, 몸 생각은 안 해?

유리와 나란히 벤치에 앉았다. 73번 버스 뒷좌석에 나란히 앉아 집에 가던 기억이 떠올라 새삼 그리워졌다. 나 혼자 나간 진도에 의하면 우린 이별 후 재회한 연인이었으니까.

유리가 가방에서 캔 맥주를 꺼냈다. 학원 교재가 아니라 맥주가 들어 있었구나. 유리와 캔 맥주를 마셨다. 포장마차에서 엄마랑 소주를 마신 이후로 술과 친해졌다는 생각이 들었다. 힘든 경험이었지만 나쁜 경험은 아니었다. 그날 이후로 엄마랑 더욱 멀어지긴 했지만 말이다.

산책 나온 사람들이 우리를 흘금거렸다. 나는 사람들 얼굴에 담배 연기로 뭉게구름까지 피워 올리고 싶은 심정이었다. 담배를 못 피우는 게 다행이었다.

유리가 가방에서 새 캔 맥주를 꺼내 흔들어댔다.

"이거 어디서 난 건지 알아?"

"너희 집 냉장고에서 훔쳐온 거 아냐?"

"그랬단 작살나게?"

"그럼 사온 거야?"

유리가 고개를 끄덕였다.

"당근이지. 나 학교 앞 세탁소에 술 뚫었거든."

평소에 유리는 학교 앞 세탁소에 교복 치맛단 수선을 자주 맡겼다. 맡길 때마다 세탁소 아저씨에게 맥주를 사다 달라고 부탁했다는 것이다. 아저씨는 유리에게 이번에 치맛단을 또 줄이면 더 이상 물러설 곳이 없다며, 즉 팬티가 보일 거라 충고하며 맥주를 그냥 사다 주었다고 했다.

유리는 학생에게 진심 어린 충고를 아끼지 않는 세탁소 아저씨,

학생이 필요로 하는 것을 군소리 않고 사다 주는 아저씨가 고마워서 친구들에게도 소개해주었다고 했다. 학교 앞에서 유독 이 세탁소만 잘되는 덴 다 이유가 있었다.

유리는 교복치마가 두 개라고 했다. 집에 갈 때 입는 치마, 학교에서 입는 치마. 학교에선 치맛단이 짧은 교복치마를 입고, 집에 갈 땐 단을 줄이지 않은 치마를 입고 간다고 했다. 선도부보다 엄마가 더 무섭기 때문이라고 했다. 갑자기 유리 엄마가 원망스러웠다.

유리에게 제안했다.

"우리, '나쁜 엄마의 자식들 모임' 만들까?"

"크윽, 좋은 생각이다. 나, 자, 모. 당장 회원 모집해서 나쁜 엄마 성토대회 하자."

"내가 회장 할게. 넌 부회장 해."

"왜 네가 회장이야? 학교에 강유리빠가 얼마나 많은지 몰라?"

"우리 엄마가 니네 엄마보다 더 나쁘거든? 그러니까 내가 회장이지."

"야, 우리 엄마가 더 나빠! 하늘에 두고 맹세해."

"난 지옥, 연옥 다 두고 맹세할게. 내 말이 틀렸으면 당장 거기 떨어져도 좋아."

"지옥, 연옥 둘 다 떨어져라."

유리가 피식, 웃고 나서는 순순히 양보했다.

"알았어. 내가 부회장 할게. 회원은 어떻게 모집할까?"

유리야, 나 오래전부터 생각했거든. 이 모임의 회원은 너와 나, 둘 뿐이었음 좋겠다고. 이 모임에서 다른 회원은 필요하지 않아. 우리 둘만으로 충분하니까.

"우리 둘로 마감하는 게 어때? 울 엄마가 세상의 모든 엄마는 나쁜 엄마라 그랬거든. 그러니까 그 자식들이 회원 가입한다고 전국에서 개떼처럼 몰려들 거야. 그럼 너무 피곤하지 않을까?"

"그것도 그렇겠다."

유리가 고개를 끄덕였다. 모임을 만든 기념으로 유리에게 건배를 제안했다. 유리가 입을 뗐다.

"아빠에 대해 고백할 게 있어."

나는 잠시 긴장했다. 드디어.

"울 아빠…… 새아빠다?"

새아빠라고? ……그랬구나. 하지만 유리야, 지금은 네 아빠보다 네 아이의 아빠가 누군지 알고 싶어. 오늘 저세상으로 보낸 네 아이의 아빠가 더 궁금하다고!

"근데 난 엄마가 더 싫어."

나도 그래. 내겐 있지도 않은 아빠보다 늘 내 곁에 붙어 있는 엄마가 더 싫다고.

유리와 맥주 캔을 부딪쳤다. 캔에서 맥주 거품이 흘러내렸다. 유리가 멍하니 거품을 쳐다봤다. 마치 장례식이라도 다녀온 것처럼 표정이 어두웠다. 오늘 저세상으로 보내고 온 아이가 짱짱 커플의 산물 맞는 거야? 응?

나는 미동도 않고 앉아 있는 유리의 옆얼굴을 쳐다보았다. 유리는 더 이상 예쁘지도 귀엽지도 않았다.

엄마…… 엄마랑 같은 나이에 임신한 여친이 오늘 낙태 수술을 하고 와서 내 옆에 앉아 있어. 물론 내 아이는 아니야. 이 앤 누구 아이였는지 말해주지도 않아. 꼭 누구처럼 말이야. 모전자전이라 사귀어도 꼭 엄마 같은 여자애를 사귄다 그러겠지? 그런데 이 앤 날 좋아하지도 않아. 레즈비언일지도 모른다구.

갑자기 술이 확 깨는 기분이었다. 정말로 유리가 레즈비언이 아닐까? 그래서 원치 않은 임신으로 생긴 아이를 지우고 온 게 아닐까? 아님 너도 누구처럼 미친개한테 물린 거니? 응? 그런 거야?

"그런데 너, 술 마시면 안 되잖아?"

"고등학생은 술 마시면 안 된다는 법이라도 있니? 학생인권조례에 나와 있어?"

유리의 비아냥을 받아줄 기분이 아니었다. 내 차례니까.

"너 술 대신 밀크 먹어야 하는 거 아니야?"

"밀크?"

"MILK. 발음킹. 미역. 그러니까 미역국 먹어야 하는 거 아니냐고?"

"무슨 소리야? 너 왜 점점 모를 소리만 해?"

"너 아까 조퇴하고 병원 갔었잖아!"

나도 모르게 미행을 실토하고 말았다. 유리가 화들짝했다.

"나 따라왔었니?"

"……그래."

"너 혹시…… 소문 때문이야? 내가 임신했단 소문?"

나는 대답하지 못했다. 유리의 눈에 살짝 이슬이 맺혔다.

"재수 없어."

유리가 의자에서 일어섰다.

"이만 꺼져줄게. 안 그래도 오늘 병원 간 이야기하러 왔는데 이젠 그럴 필요가 없어졌네."

유리가 찬바람을 일으키며 돌아서서 사라져 갔다. 과연 얼음공주다웠다.

"야, 택시 타고 가!"

난 지갑에 있는 돈을 꺼내 유리를 향해 던지면서 소릴 질렀다. 몇 장 안 되는 지폐가 푸른 하늘을 배경으로 팔랑거리다 땅으로 떨어졌다. 좀 초라해 보였다. 유리는 뒤돌아선 채 가운뎃손가락을 쳐들었다.

균형은 깨졌다. 환상도 깨졌다. 유리에 대한 내 마음도 산산조각 났다. 유리는 문제 있는 집안의 문제 많은 딸이었다. 강유리, 넌 강화유리가 아니야. 넌 강도 낮은 충격에도 단번에 깨지는 약한 글라스 같은 애라고.

다신 유리와의 관계를 돌이킬 수 없다는 확신이 들었다.

난 너 때문에 문예반까지 들어갔는데…… 소설을 써서 칭찬도 받았는데…… 놈에게 예술적으로 멋지게 복수해줄 수도 있는데……

유리야, 고등학생도 임신해서 학교 다닐 수 있어. 학생인권조례에도 있다고. '학생은 임신 또는 출산 등을 이유로 차별받지 않을 권리를 가진다'고 제2장 제5조에 분명히 나와 있어. 그러니까 낳아. 너만 괜찮다면 내가 아빠 될게. 네가 남자랑 관계하고 여자랑 키스했다 해도 상관 안 할게. 아니 그 순서를 바꾸었다 해도.

울 엄마? 문제없어. 곧 할머니가 된다고 한마디만 해주면 돼. 안 그래도 요즘 눈가에 잔주름이 자글자글해. 아이크림 안 바른 지 꽤 됐거든. 병원에 가기 전에 이런 말을 해줄 수도 있었는데……

나쁜 자식. 이럴 거면 왜 그냥 보냈어. 집까지 바래다줬어야지.

나는 고개를 흔들었다. 내가 왜? 난 나쁜 엄마의 자식인걸. 그 모임의 회장인걸.

'나쁜 엄마의 자식들 모임' 회원들은

— 술 뚫는 방법을 안다.

— 교복 치맛단을 줄여 입고,

— 공원에서 캔 맥주를 마신다.

— 빵 셔틀 졸업 후 물 셔틀을 하며,

— 뒷산에 끌려가 일진에게 얻어맞고,

— 여친끼리 키스하며,

— 미친개에게 물려 임신하고,

— 낙태한다.

그리고 이 모임은 조금 전 해체되었다. 제대로 활동도 못 해보고……

엄마를 죽인 날

학교 앞 세탁소에 찾아갔다. 나는 세탁소 아저씨에게 돈을 내밀며 맥주를 사다 달라고 했다. 아저씨가 "교복은 안 맡기고?" 하며 물었다. 나는 맥주만 사다 달라고 했다. 아저씨가 표정이 냉랭해지면서 그런 심부름은 안 한다고 했다. 나는 발걸음을 돌렸다.

엄마와 갔던 포장마차에 갔다. 나는 조금 이따 엄마가 올 거라고 말하고 소주를 시켰다. 주인아줌마가 날 한번 쓱 보더니 소주를 내왔다. 아줌마가 안주는 뭘 시킬 거냐고 물어서 닭발을 시켰다. 혼자서 소주를 마셨다. 아무 맛도 없고 쓰기만 한 게 지금 내 처지와 아주 잘 어울렸다. 잠시 후 닭발이 나왔지만 건드리지 않았다. 먹을 생각은 닭 발톱만큼도 없었다.

거의 소주 반 병을 마실 무렵 유리에게 전화를 걸었다. 집에 무사히 잘 들어갔는지 궁금했다. 유리에게 미안하다고 말하고 싶었다. 유리는 전화를 받지 않았다. 일부러 받지 않는 게 분명했다. 문자를 보낼까 하다가 그만두었다. 테이블에서 일어섰다. 취기가 확 올라왔다. 다른 테이블에서 소주를 마시던 녀석들이 내 테이블의 닭발을 쳐다봤다. 그러곤 내게 물었다.

"저거 안 건드린 거예요? 먹어도 돼요?"

나는 보지도 않고 고개를 끄덕였다. 안 봐도 고딩들이었다. 모자를 눌러쓴 채 계산을 했다. 주인아줌마가 왜 엄마는 오지 않느냐고 물었다. 나는 엄마가 못 올 것 같다고 했다.

아줌마가 다시 "엄마 요즘 장사 잘되시지?" 하고 물었다. 다른 엄마로 착각한 것 같았다. 나는 그냥 인사하고 포장마차를 나왔다. PC방이나 만화방에서 밤을 새울 작정이었다. 고개를 저었다. 술 냄새로 눈총을 받을 것 같았다.

취기에 유리네 집까지 걸어갔다. 술이 내게 용기를 불어넣어 주길 바랐다. 유리에게 주려고 길에서 꽃까지 꺾었다. 흔한 꽃이었지만 이름을 알진 못했다. 유리가 물으면 뭐라고 하지? 그냥 꽃?

사실 오늘 포장마차행의 목적은 이것이었다. 술의 힘을 빌려서라도 유리에게 사과하는 것. 하지만 술은 나를 유리네 집 대문 앞에 당당하게 세워놓지도, 벨을 누를 용기도 주지 않았다. 나는 그저 담장 앞에서 서성거렸다. 블라인드가 쳐진 2층 방에서 불빛이 새어 나왔다. 불빛이 차갑게 느껴졌다. 아마도 유리의 방일 것이다. 지금 나에 대한 유리의 감정도 저 불빛 같겠지.

담장 앞에 몸을 붙이고 고개를 바짝 쳐든 채 2층 유리창을 올려다보았다. 순간, 경보음이 발생했다. 내가 서 있는 곳이 무인경비 회사에서 설치해놓은 경보장치 앞이란 걸 깨닫는 데는 1초도 안 걸렸다. 잠시 후면 무인경비 회사의 직원이 출동할 것이다. 유리 네 거실 불이 환하게 켜졌다. 나는 잽싸게 몸을 돌렸다. 그러곤 유 리네 집에서 값비싼 물건을 훔친 도둑이라도 되는 것처럼 급히 도 망치기 시작했다.

집으로 돌아왔다. 엄마가 주방에서 안주도 없이 소주를 마시고 있었다.

"너도 한잔할래? 헤에~"

취한 내가 보기에도 엄만 벌써 취해 있었다.

"아니."

"나 취했다?"

"잘됐네. 나도 취했거든."

"너한테 할 말 있어."

나는 방으로 들어가려다 식탁에 앉았다. 엄만 내게 어디서 누구 랑 마셨느냐고 묻지 않았다. 엄만 늘 이런 식이었다. 엄마에게 중 요한 건 엄마였다. 언제나 엄마였다.

"어느 소설의 주인공은 있잖니, 모욕을 당하면 태양에게라도 덤 빈대. 정말 대단하지 않니?"

소설 주인공이니까 그렇지.

"난 쥐구멍에 숨거든……"

엄마니까 그렇지.

"내가 왜 블로그를 닫았는지 아니?"

전에 말해줘 놓곤 뭘 또 물어. 사무실 문 닫게 한 손님 때문이라며.

"쥐구멍에 숨으려고."

엄마의 눈빛이 흐릿해지면서 점점 풀려갔다. 날 보면서 똑바로 보지도 못했다. 눈 뜬 장님 같았다. 갑자기 엄마가 허리를 잡고 웃기 시작했다.

"호호호, 이게 웬 개망신이니……"

엄마가 웃음을 뚝 멈추더니 내 눈을 똑바로 쳐다봤다. 지금 혼자서 무슨 공포영화 찍나?

"너 때문에 불행해. 넌 내 인생의 혹이야."

아아…… 이건 또…… 무슨 날벼락이람. 이젠 별로 놀랍지도 않아. 나야말로 태어나서 지금껏 단 한 번도 행복해본 적이 없었어. 나란 종자는 애초부터 행복해질 수 없는 부류의 인간이라고. 이게 다 누구 때문인지 알아? 내 모든 불행은 엄마로부터 시작됐어. 지금도 현재 진행형이야. 우리가 함께 사는 한, 앞으로도 마찬가지라고!!

나쁜 엄마의 자식이 되는 길은 두 가지야. 꼭두각시가 되거나 삐딱선을 타거나. 난 후자가 되고 싶었는데 전자로 살았어. 그런데 한 가지가 더 있단 걸 최근에야 알게 됐지. 그게 뭔지 알아?

그건…… 엄말 죽여버리는 거야. 그냥 죽여버리는 거지. 맘속으로 영원히……

목구멍에서 뜨거운 것이 올라왔다. 나는 화장실로 달려갔다. 엄마가 정말로 죽어버렸음 좋겠단 생각이 들었다. 그전에 학교고 아버지고 유리고 뭐고 다 때려 치우고 나 먼저 죽어버리고 싶었다.

쿵쿵, 화장실 벽에 머리를 박았다. 커다랗게 혹이 날 정도로 아프게 박았다고 생각했지만 결과는 한심했다. 쥐눈이콩만 한 혹조차 나지 않았다. 웃음이 나왔다.

지환, 너 이렇게밖에 못하지? 응? 이 정도밖에 안 되지? 넌 죽을 때까지 이런 식으로밖에 못 살 거야. 미친 개자식아. 넌 평생 엄마 그늘에서 못 벗어나. 그러니까 평생 똥개 새끼들한테 물이나 떠다 바쳐! 그게 너한텐 어울려. 아주 잘 어울린다고.

내 꼬락서니가 구역질이 났다. 난생처음으로 심한 구역질이 올라왔다. 나는 변기에 머리를 처박고 오바이트를 시작했다. 쓰디쓴 액체가 변기 안으로 쏟아졌다.

화장실에서 나오니 엄마가 소파에 쓰러져 자고 있었다. 나 때문에 불행하다는 사람의 얼굴이 아주 편안해 보였다. 이대로 엄마의 목을 조르고 싶었지만 자는 사람한테 그러는 건 비겁하단 생각이 들었다.

안방으로 뛰어 들어가 장롱을 열어젖혔다. 내겐 찢어발길 뭔가가 필요했다. 때려 부술 것들이 필요했다. 엄마의 옷을 꺼내 닥치는 대로 방바닥에 내던지기 시작했다. 그러곤 바닥에 쌓인 옷가지들을 갈가리 찢기 시작했다. 그러다 장롱 안에서 앨범을 찾아냈다. 먼지가 쌓여 있는 걸로 봐선 그동안 고이 보관해왔다는 느낌은 들지 않았다. 그냥 여기 두는 게 편해서 놔둔 것 같았다. 다른 데로 옮기기도 귀찮았겠지.

나는 앨범을 노려보았다. 엄마에게 나란 존재의 의미는 이런 것이다. 장롱 깊숙이 처박아놓은 먼지 쌓인 앨범. 평소에 들춰보지도 않으면서 처분할 수도 없는 것. 이게 바로 우리의 관계다.

우린 불행에 머무르고 있다. 서로에게 함부로 말하면서, 서로를 존중하지도 않으면서. 그런데 왜 같이 살지? 그게 편하니까, 떠나는 게 귀찮으니까, 습관적으로 그냥 함께 살고 있는 거다.

지금 당장 불행의 사슬을 끊어야 해. 나는 장롱 안에 있는 바느질함에서 가위를 꺼내 들었다. 그리고 미친 듯 앨범을 넘기기 시작했다. 백일 사진, 돌 사진을 지나 초등학교 입학식 때 엄마와 찍은 사진이 나왔다. 저 사진을 찍어준 사람은 누구였을까? 기억이 나질 않았다. 누군들 알게 뭐냐.

나는 사진에서 엄마를 오려냈다. 내친김에 그동안 엄마와 찍은 사진들을 전부 찾아서 가위로 오려내기 시작했다. 엄마와 찍은 사진을 전부 오려내는 덴 그리 긴 시간이 필요하지 않았다. 그만큼 같이 찍은 사진이 많지 않았다.

나는 오려낸 엄마의 사진을 한 장 집어 들었다. 그리고 액자에 넣었다. 찢어발긴 엄마의 검은색 정장바지를 띠 모양으로 오려 액자 양쪽 귀퉁이에 사선으로 붙였다. 근사한 영정 사진이 탄생했다. 나는 엄마의 영정 사진 액자를 화장대 위에 올려놓았다. 사진속 엄마는 웃고 있었다.

웃지 마. 이건 놀이가 아니야. 유리가 가르쳐준 '미운 사람 죽이기 놀이'가 아니라고. 이게 내 소원이야. 내가 정말로 원하는 바라고. 알겠어?

나는 안방을 나섰다. 방바닥은 찢겨진 옷가지와 오려낸 사진들로 난장판이었지만 치울 생각은 눈곱만큼도 들지 않았다.

거실로 나와 소파로 다가갔다. 엄마는 여전히 자고 있었다. 나는 엄마의 귀에 대고 말했다.

"엄만 오늘부터 나한테 죽은 사람이야. 방금 엄말 죽였거든. 이제 내 인생에서 꺼져줄래?"

엄마가 벽 쪽으로 돌아누우며 가늘게 코 고는 소리를 냈다.

"난 남들 눈에 띄기 싫었어…… 왜 그랬는지 알아? 아버지 없는 자식티 낸다 그럴까 봐!"

나는 진심을 말했다. 엄마는 듣지 못했다. 진심이란 말해도 들리지 않는 거니까. 진심은 후각의 문제라는 엄마의 그 잘난 개똥철학에 의하면 말이다. 나는 자리에서 일어섰다. 가게들이 문을 닫기 전에 오늘 중으로 사러 갈 것이 있었다.

복수는 나의 것

세상엔 두 종류의 인간이 있다. 절벽에서 뛰어내릴 결심만 하고 뛰어내리지 못하는 인간. 뛰어내릴 결심을 하고 뛰어내리는 인간.

결심만 하는 인간은 평생 결심만 한다. 그러다 인생도 종 친다. 결심을 행동으로 옮기는 인간은 바로 그 순간 새로운 인생이 펼쳐진다. 나는 언제나 새로운 인생을 시작하고 싶었다. 언제든 시작할 준비가 되어 있었다. 새로움에 도사린 위험과 모험의 냄새를 나는 늘 동경했다. 하지만 내 삶은 훼방꾼들로 득실댔다.

'경쟁하는 순간부터 싸움이 시작되고 그럼 사는 게 피곤해진다'는 평소 엄마의 주장 때문에 난 어릴 적부터 아무와도 경쟁하지 않았다. 싸우지도 않았다. 덕분에 내 인생은 더 피곤해졌다. '모임에 소속되지 마라'는 주장도 날 힘들게 한 건 마찬가지였다. 엄마도 내 삶의 훼방꾼이었다.

이제 와 고백하지만 내 고단한 인생이 중딩 때 시작된 건 아니다. 난 초딩 때부터 반 애들에게 꾸준히 뭔가를 뺏겼다. 도대체가 나처럼 평범하고 별 볼 일 없는 애한테 뭘 그렇게 빼앗을 게 많았는지 모르겠다.

내가 초등학교 1학년 때 애들에게 처음 뺏긴 건 파워레인저 스티커다. 애들은 아직도 파워레인저 스티커를 졸업하지 못한 내가 유치하다고 했다. 그날 내가 느낀 상실감은 일곱 살 때 저절로 빠진 생애 첫 유치(乳齒)를 엄마가 지붕 위로 던져버렸을 때처럼 컸다. 야광 스티커여서 상실감은 더 컸다. 그때 이미 나는 애들에게 좀 만만해 보이는 애였다. 애들은 나처럼 순순히 잘 뺏기는 애를 귀신같이 알아차렸다. 개코처럼 냄새를 잘 맡았다고나 할까.

애들의 수법은 교묘하고 영악하고 다양했다. 협박에도 능했다. 대장을 맡았던 아이가 날 협박했다. 냄새엔 개코였지만 생긴 건 돼지코였다.

"니네 엄마한테 이르면 우리 아빠한테 이른다."

우리 엄마랑 돼지코 아빠랑 싸우는 광경을 나는 원하지 않았다. 상상만 해도 우스꽝스러운 그림이 연출됐다. 엄마는 또 얼마나 피곤해할 것인가. 그래서 나는 이르지 않았다. 그 뒤로는 갈수록 규모가 커졌다. 나는 차례대로 팽이와 요요와 우산과 장화를 뺏겼다. 반장에게는 더 좋은 팽이와 요요, 더 비싼 우산, 더 멋진 장화가 있었지만 애들은 내 것만 뺏어갔다. 애들은 위험 부담이 있는 반장보다는 만만한 나를 택했다. 애들이 모험심이 있길 바란 건 순전히 나 자신을 위해서였다. 새로운 인생을 살기에는 애당초 글러먹은 애들이었다.

추운 겨울날엔 학교 앞 리어카에서 사 먹고 있던 붕어빵까지 뺏겼다. 붕어빵엔 내 잇자국이 고스란히 새겨져 있었다. 생긴 대로 비위가 좋은 애들이었다.

처음 파워레인저 스티커를 뺏긴 날엔 엄마가 눈치채지 못했다. 팽이는 돌리다가 망가뜨렸다고 거짓말했다. 요요는 끈이 끊어졌다고 했고, 우산은 잃어버렸다고 했으며, 장화는 누가 바꿔 신고 갔나 보다고 둘러댔다. 내가 생각해도 구차한 변명이었다.

우산과 장화를 뺏기고 비를 맞으며 맨발로 돌아온 날, 드디어 엄마가 학교로 찾으러 갔다. 한참 후 돌아왔을 땐 빈손이었다.

한 번만 더 잃어버리면 다신 아무것도 안 사준다고 엄마가 으름장을 놓은 날도 뺏겼다. 연필 한 자루였다. 나는 더 이상 참을 수 없었다. 결단을 내려야 했다. 더 이상 물러설 곳도 없는 절벽이었다. 밤새 연필을 깎았다.

다음 날, 날카롭게 깎은 연필을 필통에 가득 넣어 학교에 갔다. 돼지코에게 똥침을 놓을 생각이었다. 졸개 녀석들에게도 그렇게 해줄 생각이었다.

하교 시간이 다가왔다. 미끼를 던져야 했다. 나는 빨대를 꽂은 딸기 우유를 왼손에 들고 돼지코 앞을 지나갔다. 냄새를 맡은 돼지코가 다가왔다. 내 주머니 안엔 날카롭게 깎은 연필이 들어 있었다. 내 오른손 다섯 손가락은 주머니 안의 연필을 꼬옥 쥐고 있었다. 이제 손을 빼서 연필을 쳐들고 돼지코의 똥꼬를 향해 찌르기만 하면 될 일이었다.

돼지코가 코를 큼큼댔다.

"뭐 먹어?"

나는 전날 밤잠을 설치며 다짐하고 결심한 일을 당장 실행에 옮겨야 했다. 그래야 했다. 반드시 그래야만 했다.

"딸기 우유. 먹어볼래?"

생각지도 않은 말이 튀어나갔다.

"줘봐."

나는 냉큼 빨대가 꽂힌 딸기 우유를 돼지코에게 내밀었다. 돼지코가 딸기 우유를 받아들었다. 부르르, 주머니에 들어 있는 오른손이 떨렸다. 돼지코는 내가 먹던 빨대로 딸기 우유를 빨아 먹기 시작했다. 정말이지 타고난 비위였다. 그때까지도 내 오른손은 주머니 안에 들어 있었다. 돼지코가 내 시야에서 멀어져갔다. 돼지코가 완전히 사라지자 한참을 기다렸다는 듯 연필을 쥔 오른손이 주머니 밖으로 나왔다. 나는 연필을 내려다보았다. 연필심이 뚝, 부러져 있었다.

지금까지의 나는 생각을 행동으로 옮기는 인간이 아니었다. 결심만 하고 끝내버리는 아주 평범한 인간에 속했다. 하지만 오늘은 그러지 않기로 결심했다. 아무리 평범한 인간이라도 인생에서 뭔가를 해야만 하는 날이 온다. 그 일은 피할 수 없는 일이며 반드시 해내야 한다. 무슨 일이 있더라도 말이다.

그날이 바로 오늘이다. 그 일을 해야 하고, 반드시 해내야만 하는 날……

담임은 며칠 전부터 오늘이 청소년 문예지 마감일이라고 내게 일러주었다. 그동안 잘 발전시켜보자던 내 단편소설 「부자」는 담임의 지도하에 내용이 바뀌었다. 한마디로 내 단편소설은 담임의 취향에 맞게 '잘' 고쳐졌다. 이제 프린트만 해서 우체국에 가 부치면 될 일이었다. 나는 고개를 저었다. 부칠 이유가 없었다.

뜬눈으로 밤을 새웠다. 새벽에 주전자를 들고 학교로 갔다. 이른 시간이라 보는 사람은 아무도 없었다. 설령 봤다고 해도 주전자만 눈에 띄었을 것이다. 나는 쉽사리 남들 눈에 띄는 사람이 아니니까. 어젯밤, 가게들이 문을 닫기 전에 내가 사러 간 것은 커다랗고 튼튼한 새 주전자였다.

나는 1교시부터 점심시간이 오기만을 기다렸고, 반짝반짝 빛나는 주전자는 점심시간까지 사물함 안에서 날 기다렸다. 밤새 나와 친해진 탓인지 주전자는 조금 후에 펼쳐질 자신의 운명을 눈치채지 못했다. 그것은 내가 새벽에 집을 나설 때까지 여전히 소파에 뻗어 있던 엄마도 마찬가지였다.

드디어 점심시간이 돌아왔다. 아이들이 식당으로 몰려갔다. 일진회 애들이 식판을 들고 창가 전용 식탁에 앉았다.

"주전자3, 물 떠 와!"

짱의 왼팔이 날 불렀다. 오늘따라 놈의 목소리가 무척 반갑게 들렸다. 왜 아니겠는가? 뒷산 사건 이후 왼팔은 '주전자' 뒤에 꼭 '3'을 붙여서 날 불렀다. 두 번 부르게 될까 봐 귀찮아서 그러는 것 같았다.

나는 기다렸다는 듯 주전자를 들고 일진회 식탁으로 다가갔다. 식당에 있던 애들이 의아한 표정으로 나와 주전자를 번갈아 바라보았다. 일진짱이 흥미롭다는 표정을 지었다.

"야, 주전자! 웬 주전자? 막걸리라도 받아왔냐? 왜, 니네 꼰대 갖다 주지 않구서?"

꼰대란 말에 내 눈썹이 잠깐 꿈틀댔다. 짱은 내게 아버지가 없다는 걸 잠시 잊은 모양이었다. 나는 짱의 말을 받아쳤다.

"넌 아직도 니네 꼰대 막걸리 심부름하냐? 그건 초딩 때나 하는 짓이지."

탁! 나는 내 담당인 왼팔 앞에 소리 나게 컵을 내려놓았다. 이번엔 짱과 왼팔의 눈썹이 같이 꿈틀댔다. 정확히 말하자면 짱이 1초 먼저 움직였다. 짱은 짱이었다. 나는 아랑곳 않고 주전자에 있는 물을 컵에 따르기 시작했다. 컵의 물이 흘러넘쳤다. 나는 계속 물을 따랐다. 식탁에서 바닥까지 물이 줄줄 흘러내렸다. 짱과 왼팔, 오른팔의 표정이 동시에 일그러졌다. 짱의 왼팔이 겁먹은 표정으로 말을 더듬었다.

"이, 이, 새끼가."

내가 겁먹을 이유 따윈 없었다. 나는 주전자를 들고 이번엔 짱에게 다가갔다. 그리고 아주 침착한 태도로 짱 앞에 컵을 내려놓았다. 짱은 어디까지 가나 보자 하는 표정으로 내 행동을 바라보 았다. 여유 만만함을 가장했으나 두려움이 숨겨진 표정이었다. 나 는 짱의 컵에 천천히 물을 따르는 척했다. 내 동작이 끝나자 짱이 빈 컵을 내려다보았다.

"너 지금 나랑 장난하자는 거냐?"

순간 나는 주전자의 물을 통째로 짱의 얼굴에 들이부었다. 짱이 미래에 결혼할 여자를 생각해서 뜨거운 물은 아니었다는 걸 밝혀 두겠다. 화상당한 남편의 얼굴은 어떤 여자라도 괴로울 테니까.

"으악!"

짱이 비명을 질렀다. 재빨리 다음 행동을 개시했다. 나는 주전 자를 든 채로 짱의 얼굴을 향해 돌진했다.

"아악~!"

짱이 두번째 비명을 질러댔다.

"와아!"

애들이 탄성을 질렀다. 우지직, 주전자가 찌그러졌다. 짱의 얼 굴도 찌그러졌다. 일진회 애들과 무소속 애들이 나와 짱을 가운데 두고 빙 둘러쌌다.

"다 덤벼, 씨발 개새끼들아!"

난 잃을 게 하나도 없으니까…… 나는 주전자를 껴안은 채 일진 회 애들을 향해 온몸을 날렸다. 그리고 주전자와 함께 일진회 전 용 식탁 위에 멋지게 착지했다. 연습의 결과가 아니라 우연한 성 공이란 걸 아무도 눈치채지 못했다. 나는 식탁 위에 선 채 주전자를 사방팔방으로 휘두르기 시작했다. 주전자 뚜껑이 짱의 왼팔 머리 위로 떨어졌다. 머리가 큰 탓에 빵떡모자를 쓴 것 같았다.

뚜껑을 잃은 주전자가 내 지휘로 종횡무진 날기 시작했다. 일진회 조무래기들이 겁을 먹고 뒷걸음질 쳤다. 이 틈을 타 무소속 한 명이 일진회 조무래기 한 명에게 주먹을 날렸다. 무소속의 주먹엔 감정이 꽤 실려 있었다. 무소속은 해체된 옆 반 일진회 중 한 명이었다. 평소에 일진회 조무래기에게 억울한 감정이 있었던 듯했다.

주먹질이 삼삼오오 무리 지어 시작됐다. 주먹질은 본격적인 패싸움으로 번졌다. 식판이 허공을 날았다. 밥과 반찬도 날아다녔다. 빨강―김치, 노랑―콩나물, 초록―시금치, 총천연색의 고공 행진이었다. 주전자에 이어 찌그러진 식판들이 속출했다. 오늘은 국 대신 스프가 나온 것이 다행이라면 다행이었다.

짱이 주먹으로 코를 쓰윽 훔쳤다. 주먹에 피가 묻어 나왔다. 흥분한 짱의 눈빛에 분노가 서렸다. 분노의 눈빛은 곧 수치심으로 가득 찼다. 짱에겐 고통보다 수치심이 먼저였다. 와락, 짱의 얼굴이 완전히 찌그러졌다.

나는 똑똑히 볼 수 있었다. 얼굴에 피멍이 든 채 코피를 줄줄 흘리는 짱을. 유리가 저 얼굴을 봐주길 바랐지만 아쉽게도 유리의 표정을 훔쳐볼 여유가 없었다. 이 순간만큼은 정신이 온전히 주전자에 팔려 있었으니까. 다른 애들도 짱을 주목하지 않는 건 마찬가지였다. 애들은 주인공에 주목하느라 정신이 없었다. 오늘의 주인공은 '나'였다.

남학생 한 명이 구석에 찌그러져 있는 짱에게 다가갔다. 전교 회장에 출마했다 떨어진 옆 반 스터디 그룹 녀석이었다. 녀석은 짱에게 과감히 어퍼컷을 날렸다. 기회를 제대로 활용할 줄 아는 녀석이었다. 짱에게 물을 떠다 주던 형수가 다가와 옆 반 녀석과 하이파이브를 했다. 짱의 오른팔에게 물을 떠다 주던 정욱은 오른 팔에게 라이트 훅을 날렸지만 실패했다. 재도전해서 짱의 왼팔에 게 날린 레프트 훅엔 성공했다. 정욱이 내게 다가왔다. 우리는 하이파이브를 했다. 학교에서 우리가 반갑게 아는 척을 한 건 오늘이 처음이었다.

뒤늦게 교장, 교감, 부장샘, 담임이 달려왔다. 단체로 밖에서 점심을 사 먹고 들어오는 길이었다. 고기를 먹었는지 다들 잇새에 이쑤시개가 한 개씩 물려 있었다. 부장샘이 주동자를 물었다. 부장샘 입에서 소주 냄새가 났다. 일진 애들이 일제히 나를, 무소속 애들이 일제히 짱을 가리켰다. 충격을 먹은 담임이 입을 쩍 벌리다 이쑤시개가 목구멍으로 넘어갈 뻔했다. 고개가 위를 향해 있었기 때문이다. 우리는 교무실에 끌려갔다. 애들에게 지목되지 않은 애들도 줄줄이 끌려갔다.

눈에는 눈. 이에는 이. 주전자엔 주전자.

나는 복수했다. 주전자에 주전자로. 글로 복수하려 했지만 쾌감은 더 컸다. 하지만 멋지게 복수했단 생각은 들지 않았다. 주전자로 예술적인 복수를 하는 건 아무래도 무리였다. 복수는 나의 것이었으나 우아한 복수는 나의 것이 아니었다. 그래도 나는 해냈다. 인생에 단 하루, 오늘만큼은.

모전자전

　일진짱의 꼰대가 날 고소했다. 그날의 일은 아이들이 스마트폰으로 찍어 유튜브에 올린 덕에 학교 내에 급속도로 번져갔다. 인터넷으로 현장을 생생하게 감상한 짱 꼰대의 분노는 로켓포의 속도로 하늘까지 치솟았다.

　짱이 전치 4주의 부상을 입었다는 진단서와 함께 엄마에게 학교출석 명령이 떨어졌다. 짱은 눈 밑을 세 바늘 정도 꿰맸다. 실이 좀 많이 쓰였다.

　담임은 내가 청소년 문예지 마감일에 소설을 제출하지 않았다는 사실을 뒤늦게 알게 됐다. 그리고 바로 그날 주전자를 들고 학교에 왔다는 사실에 대해 흥분하며 분노를 감추지 않았다.

　방과 후에 담임과 단둘이 빈 교실에 남았다.

　"내일 당장 어머니 오시라고 해!"

나는 대답하지 않았다.

"알아들었어?!"

"엄마, 못 오세요."

"왜?"

"제가 죽였거든요."

"뭐? 이 자식이!"

담임의 주먹이 날아왔다.

"그따위 말버릇 어디서 배웠어?!"

"엄마한테요."

나는 고개를 숙이고 입을 앙다물었다. 두번째로 날아올 주먹에 대비해야 했다.

"이런 호로 자식이!"

두번째 주먹이 날아왔다. 담임은 내 예상을 벗어나지 못했다. 그래도 아프지 않았다곤 말 못하겠다. 담임은 주전자 사건보다 문예지 마감에 맞춰 소설을 못 낸 사실에 더 크게 분노했다.

"너한테 올인 했는데 이렇게 배신을 때려? 네가 다 망쳤어, 자식아."

'올인'이라는 말에 풋, 웃음이 나왔다. 담임은 너무 화가 나 있어서 내가 웃는 걸 눈치채지 못했다. 덕분에 세번째 주먹은 면할 수 있었다.

담임의 정체는 공모전 저격수였다. 자기가 가르치는 학생을 공모전에 입상시키면 학교에서 성과급도 받고 승진도 할 수 있었다.

담임은 교장이 이 학교를 어떻게든 명문고로 발전시켜보겠다며 고심 끝에 모셔온 교사였다.

"가봐, 임마! 내일 어머니 모시고 와!"

내키진 않았지만 집으로 향했다. 발걸음이 무거웠다.

집에 돌아오니 엄마가 얼굴에 마스크팩을 붙이고 거실에 누워 스피커폰으로 담임과 통화를 하고 있었다. 서론은 못 들었지만 들으나 마나 학교에서 내가 사고 쳤단 얘기겠지.

나의 활약상이 담긴 유튜브 영상은 조회수 300건을 돌파한 뒤 학교 측의 압력에 의해 자진 삭제됐다. 때문에 엄마는 미처 보지 못했다.

"평소에 얌전한 녀석이라 담임으로서 몹시 당, 당황했습니다."

뭐야, 썰렁하게. 엄마가 웃을 거라 생각했나?

담임은 엄마가 학교에 와서 정식으로 사과하면 고소를 취하하겠다는 짱 부모의 의사를 전달했다. 짱의 아버지는 두 번 의사 타진은 하지 않는다는 말도 전했다. 담임이 한마디 덧붙였다.

"어머니 혼자서 힘드시겠습니다."

"뭐가요?"

"아무래도 가정엔 아버지가 있어야 질서가 잡히니까요."

엄마가 얼굴에서 마스크팩을 떼어내며 벌떡 일어섰다. 엄마의 얼굴이 울긋불긋해지더니 이내 홍옥빛으로 변했다. 화상통화가 아닌 것이 다행이었다.

"지금 동정하시는 거예요?"

엄마는 학교엔 가보겠지만 사과할 의사는 없다고 담임에게 말했다. 엄마는 병원비 무는 걸 택했다. 꼰대의 의사 전달에 실패한 담임은 당황했다.

엄마가 먼저 전화를 끊었다.

"이런 개무시를 봤나……"

엄마는 세상에서 가장 질 나쁜 종류의 무시가 바로 성별 갖고 사람 무시하는 거라고 했다. 그러곤 수명이 다하기도 전에 떼어버린 마스크팩을 아까운 듯 바라보았다. 다시 펴서 붙이기엔 너무 망가져 있었다.

엄마가 날 보며 짱의 부모에게 사과하길 원하느냐고 물었다. 솔직히 말하건대, 나는 사과를 원했다. 짱의 부모가 아닌 내게 말이다. 하지만 이 말을 입 밖에 내진 않았다. 그건 고인(故人)과의 대화를 뜻하는 거니까.

엄마는 흥분된 어조로 사과를 시도 때도 없이 하게 되면 사과의 맛과 질이 한꺼번에 떨어진다고 했다.

나는 냉랭한 표정으로 엄마에게 학교에 올 필요가 없다고 말했다. 고인에게 내 뜻을 전달하자니 힘들었다. 병원비는 나중에 알바를 해서 갚겠다고 했다. 고인에게 돈을 갚겠다고 말하는 것도 우스웠다.

엄마는 담임이나 짱의 부모를 만나러 가는 게 아니라고 했다. 주전자를 보러 간다고 했다. 주전자가 얼마나 찌그러졌는지 한번 봐야겠다는 것이다. 나는 차마 고인의 뜻을 꺾을 순 없었다.

"고등학교 운동장이 이렇게 생겼구나."

운동장을 지나며 엄마는 생전 학교도 안 다녀본 사람처럼 말했다. 고딩 때 날 임신해서 자퇴했다더니?

운동장에서 애들과 농구를 하던 체육이 엄마를 힐끔 쳐다보았다. 엄마의 얼굴이 붉어졌다. 어라? 옛날 애인 생각나셔요? 전갈인가 젓갈인가 하는 놈? 말로는 위로 10년도 좋다면서 취향은 늘 연하시네? 꿈도 야무지셔.

엄마와 교무실에 들어섰다. 사이좋게 들어선 게 아니어서인지 우리를 반기는 사람은 아무도 없었다. 주전자 사건으로 교무실에 끌려왔던 한 애가 이번엔 제 발로 교무실에 뛰어 들어왔다. 나와 일진 식탁에 앉아 함께 점심을 먹었던, 아니 먹다 말았던 전학생이었다. 전학생은 별 새로울 것 없는 사실을 큰 소리로 알려줬다.

"선도부 회장이 일진짱이래요!"

교사들만 모르는—척하는—전교생들의 비밀이었다. 교장, 교감, 부장샘, 상담교사를 제외하고 교무실에 남아 있던 교사들이 일제히 비밀을 누설한 전학생을 바라보았다. 그러곤 난생처음 보는 애란 표정을 지었다. 그 애의 말도 생전 처음 듣는다는 표정이었다.

담임이 굳은 표정을 하곤 엄마를 교장실로 안내했다. 교장, 교감, 부장샘, 상담교사가 미리 와서 우리를 기다리고 있었다. 교장이 설득에 나섰다. 짱의 부모에게 사과만 하면 유기정학 처분으로 끝내겠다고 했다. 엄마는 사과할 의사가 없다고 다시 한 번 분명하게 말했다. 대신 잘못에 합당한 처분을 내려달라고 했다. 다수결로 무기정학 처분이 내려졌다. 단 한 사람, 퇴학을 주장한 담임 때문에 만장일치엔 실패했다. 담임은 내가 말도 안 하고 맘대로 조퇴했던 사실까지 들먹였지만 회의 결정에 별 도움은 안 됐다. 엄마가 선처를 호소했다. 그러나 짱의 부모에 대한 사과가 생략된 호소는 호소력을 얻지 못했다.

교무실에 들어설 때부터 분주히 무언가를 찾던 엄마의 시선이 드디어 한곳에 고정됐다. 엄마가 교장실 한구석에서 찌그러진 주전자를 찾아낸 것이다. 엄마가 주전자를 집어 들고 이리저리 살펴보았다. 입술을 악문 걸 보니 억지로 웃음을 참는 듯했다. 주전자의 몰골은 내가 봐도 처참했다.

엄마가 교장에게 물었다.

"이거 가져가도 되죠?"

"그건 증거인멸인데요!"

담임이 나서서 외쳤다. 엄마는 주전자의 주인이 나라는 걸 모두에게 상기시키듯 떳떳하게 집어 들었다.

"아이들이 학교에서 무슨 일을 당하는지 아세요? 애들 얼굴에 난 멍 자국은요? 주전자가 왜 이렇게 됐는지, 애들이 맞고 다니는 건 아닌지 궁금하지도 않으세요?"

아무도 엄마의 말에 대꾸하지 않았다. 엄마가 말을 이어갔다.

"이 학교엔 교칙만 있고 용서란 건 없습니까? 벌칙 대신 이해나

너그러운 마음은요? 보호가 필요한 학생에게 학교가 또 다른 폭력을 가한 건 아닌지, 고민해볼 여유는 없나요? 찌그러진 주전자가 학교에서 우리 애 모습일 거란 생각은 왜 못하세요?!"

이번엔 엄마가 담임을 향해 물었다.

"집에 아버지가 있어야 질서가 잡힌다고요? 엄마 혼자 아이를 키우면 안 됩니까? 그 말에 우리 애 마음 무너지는 건 어떻게 책임지실 건가요?"

흥분한 엄마가 마침내 선생님들 앞에서 주전자를 흔들어댔다.

"애들한테 뭐가 제일 필요한지 아세요? 애들한테 가장 중요한 게 뭔지 알고 계시냐고요. 질서는 화장실에서 줄 설 때나 지키고 애들 마음부터 지켜달라고요! 마음부터!"

세상이 무너지는 것 같았다. 엄마 덕분에 무기정학 기간이 더 길어질 것 같다는 예감 때문에. 동시에 내 안에 엄마에 대한 든든한 믿음의 성 하나가 들어선 느낌을 부인할 수 없다. 더는 이 순간의 감정을 정확히 설명하긴 힘들다.

엄마가 담임을 향해 또박또박 걸어갔다. 담임이 긴장된 표정을 지었다. 엄마가 담임의 귀에 대고 속삭였다.

"저어, 부탁 하나 해도 될까요?"

담임이 벙 찐 표정으로 엄마를 바라보았다. 엄마는 좀 전보다 더 낮게 속삭였다.

"동정심은 개나 줘버려."

엄마와 교장실을 나섰다. 들어설 때와 마찬가지로 우리를 따뜻하게 배웅해주는 사람은 없었다.

교무실을 나오면서 짱의 꼰대가 우리 학교 후원회장이란 사실이 떠올랐다. 짱의 꼰대가 그동안 학교에 후원한 건 많았다. 교장은 전체 조회 때 가끔 후원회장의 덕행을 칭송했다. 학교도 담임도 모두 짱의 꼰대 편이었다.

엄마와 교문 앞을 지나갔다. 교문 위에 여전히 '학교폭력 가해·피해 자진신고 기간 117 또는 교육청'이라는 현수막이 붙어 있었다. 엄마가 현수막을 올려다보았다.

"자진해서 신고할 거 같으면 애초에 때리지도 맞지도 않았을 거야. 그치?"

엄마가 날 떠본다는 생각이 들었다. 엄마가 나의 물 셔틀 역사에 대해 어디까지 눈치챘는지 궁금했지만 차마 물어볼 용기가 나지 않았다. 순간 바람이 불었다. 고정 장치 불량으로 현수막 한쪽이 떨어졌다. 현수막이 바람에 펄럭였다. 나는 대답하지 않았다. 엄마는 내게 아직 고인이었다.

학교에서 나와 엄마와 근처 거리를 걸었다. 엄마는 들고 있던 찌그러진 주전자를 바라보았다.

"이 주전자 어디서 샀니?"

"왜?"

"왜긴. 환불받으려고 그러지. 사자마자 이렇게 허무하게 찌그러져?"

"자신 있음 해보셔."

"자신 없음."

나는 엄마를 보고 피식 웃었다. 엄마도 날 보며 피식 웃었다.

"나 이거, 기념으로 간직할 거야. 어쨌든 넌 해낸 거야. 멋지게 복수했잖아."

어어? 복수극이란 것도 알고 있었던 거야? 피이, 사실 멋진 건 아녔는데.

"네 얼굴 그렇게 만든 녀석이잖아. 똑같은 인간 되기 싫어서 맞고소 안 한 것도 모르고……"

엄마와 학교 앞 분식점에 들어갔다. 유리와 떡볶이를 먹으러 드나들던 곳이었다. 먹겠다는 말도 안 했는데 엄마가 돈가스를 시켰다. 돈가스와 함께 서비스 국물로 미역국이 나왔다. 갑자기 울컥했다. 발음킹, MILK, 미역……

엄마가 돈가스를 썰어주었다. 배가 고파서인지 맛있었다. 이 상황에 돈가스가 맛있다는 게 쪽팔렸다. 엄마가 내 앞에 냅킨을 놓아주었다.

"학교 다니기 싫으면 더 이상 안 다녀도 돼."

"누가 싫대?"

학교엔 유리가 있었다. 유리는 여전히 내 세 가지 소원 목록에 들어 있었다. 엄마가 돈가스를 먹다 말고 얼굴을 찡그렸다.

"이 돈가스, 왜 이렇게 느끼하냐. 기름을 하나도 안 뺐나 보다."

엄마가 수저로 돈가스를 꾹 눌렀다. 수저에 기름이 묻어 나왔다. 참, 간만에 맛나게 먹는데 초를 치셔요, 초를.

엄마가 돈가스를 눌렀던 수저로 미역국을 떠먹었다.

"미역국도 느끼하다. 애, 미원을 잔뜩 쳤나 봐. 학교 앞에서 장사하는 사람들이 이럼 안 돼지."

아, 기름 묻은 수저로 먹으니까 느끼하지. 나는 돈가스를 집어먹던 포크와 미역국을 떠먹던 수저를 내려놓았다. 엄마 앞에서 더이상 맛있게 먹는 건 무리였다.

갑자기 엄마가 버럭, 소릴 질렀다.

"내가 얼어 죽을 개코 같은 소리하고 자빠졌지. 기념은 무슨. 우리 둘 다 완전 찌그러진 주전자 신센데. 너 깡패 될래?! 당장 갖다 버려!"

나는 기가 막혀서 엄마를 노려보았다. 엄마도 나를 노려보았다. 테이블 위에서 눈싸움이 시작되었다. 엄마가 눈에 힘을 주었다. 나도 힘을 주었다. 엄마에게 지긴 싫었다. 몇 초도 못 가 엄마의 눈에서 힘이 풀렸다. 나는 눈에 계속 힘을 주었다. 엄마가 픽 웃었다. 나도 픽 웃음이 나왔다.

기본과 상식

마트에서 사과 박스가 배달되어왔다. 잘못 온 택배인 줄 알았는데 수신인이 나였다. 엄마가 보낸 거였다. 엄마는 얼마 전 마트의 소량 계산대 계산원으로 취직했다. 6개월의 공백을 메우기 위해 임시직을 구한 것이다. 6개월 후에도 엄마가 소량 계산대 직원으로 남아 있을지 공인중개사로 복귀할진 엄마 자신도 알 수 없었다.

박스 안에는 편지와 함께 스무 개의 사과가 들어 있었다. 사과엔 1번부터 20번까지 일련번호가 적힌 스티커가 붙어 있었다. 나는 편지를 열어보았다.

환아.

어른이 되면 잘못을 해도 상대에게 사과를 잘 하려 들지 않는단다.

편지도 잘 안 쓰게 되지.

쑥스럽기도 하고 자신의 잘못을 인정하는 데 인색해져서일 거야.

그래서 이 일을 실행에 옮기는 덴 용기가 필요했어.

난 엄마가 됐지만 좋은 엄마가 되지 못했어.

시를 썼지만 시인이 되진 못했지.

최초로 노래하는 새가 되고 싶었지만 앵무새도 되지 못했어.

노래를 할 줄 안다고 누구나 가수가 되는 건 아니란다.

너를 낳고 엄마가 되었지만 그다음부턴 어떻게 해야 할지 모르겠더라.

그때 깨달았어.

엄마가 되는 것보다 되고 난 이후가 중요하단 걸.

그것이 무엇이 됐건, 된 순간보다 그 이후가 더 중요하단 것을.

너로 인해 불행하다고 생각한 순간에도,

널 미워하는 순간에도, 널 사랑했단다.

아직은 이 말을 이해하지 못할 거야.

널 한 번도 포기한 적 없어. 포기할 맘을 가진 적도 없고.

누가 뭐래도 난 네 엄마야. 내가 영원히 네 엄마란 사실은 변함이 없어.

환아, 앞으로 네가 좋아하는 일을 했으면 좋겠다.

소설을 쓰는 것도 괜찮겠더라.

이담에 작가가 되면 그때부터가 더 중요해진다는 걸 잊지 마. 거기가 시작이고 출발점이니까.

추신: 내 사과를 받아줘.

추신엔 1번부터 20번까지 스티커를 붙인 사과에 대한 엄마의 사과 내용이 적혀 있었다.

사과 1 : 미안해. 일곱 살 때 널 마트에 놔두고 까먹고 가서.
사과 2 : 미안해. 일곱 살 생일에 널 보육원에 맡겨서.
사과 3 : 미안해. 포장마차에 데려가 마시지도 못하는 소주 사 줘서.

. . .

사과 18 : 미안해. 널 임신한 걸 나쁜 경험이라고 말해서.
사과 19 : 미안해. 찌그러진 주전자 갖다 버리라고 해서.

마지막 20번은 나 때문에 불행하다고 말한 것에 대한 사과였다. 넌 내 인생의 혹이야, 라고 했던 것……

나는 1번 사과부터 집어 들었다. 이대로 벽을 향해 던져버릴까 하는 생각도 들었지만 눈을 감고 냄새부터 맡았다. 너무 향긋했다. 벽에 던지는 건 사과에 대한 예의가 아닌 것 같았다. 나는 1번부터 20번까지 번호가 붙여진 스무 개의 사과를 차례로 한 입씩 베어 먹었다. 어쩐지 오늘 중으로 엄마의 사과를 전부 받아주어야 할 것 같았다. 스무 개의 사과는 냄새만큼이나 맛있었다. 품질 좋은 사과였다.

그런데 2번 사과에 대해선 나도 할 말 있어. 맡긴 게 아니고 버린 거라니깐요!

엄마, 사과로 사과하는 건 좀 유치했어. 이래도 되는 거야? 어른이 되면 이렇게 유치해지는 거냐고.

퇴근을 한 엄마가 퉁퉁 부은 다리로 돌아왔다. 얼굴은 다리보다 더 퉁퉁 부어 있었다.

"나 오늘 시말서 썼다."

"아, 왜?"

"소량 계산대에 무조건 5개 이상 들이대는 인간들 땜에."

"그게 엄마 잘못이야?"

"그 인간들한테 바른말 한 게 잘못이지."

"뭐라 그랬는데?"

"여기다 들이대기엔 물건이 너무 많은 거 아닌가요?"

"으악!"

엄마는 그동안 소량 계산대에 무조건 5개 이상의 물건을 들이대는 손님들 때문에 시달려왔다. 웃으면서 그냥 좀 받아달라고 부탁하는 손님은 그래도 양반이라고. 어떤 손님은 다른 계산대보다 소량 계산대가 줄도 짧고 여유가 있는데 왜 안 받아주느냐고 화까지 낸다고. 남들은 소량 계산대 일이 일반 계산대보다 편한 줄 알지만 알고 보면 그렇지도 않다고 했다. 이렇게 상식 없이 우겨대는 손님들까지 일일이 상대하는 것도 소량 계산대 직원의 일이라고.

엄마와 캔 음료를 사들고 집 근처 호수공원으로 밤 산책을 나갔다. 야밤에 여친도 아니고 엄마와 호수공원 데이트라니…… 그래도 운치는 있었다. 밤하늘에 눈썹달이 앙증맞게 박혀 있었다. 나는 사과를 받아들인다는 의미에서 엄마와 캔 음료를 짠, 맞부딪쳤다.

"인생의 원리는 간단해. 기본을 지키면 돼. 빨간불엔 서고 초록불엔 건너면 되는 거야. 이건 상식이야. 기본을 안 지켰다간 자칫 사고로 죽지. 기본만 지킨다면 세상은 문제없이 살 수가 있단다. 알겠니? 소량 계산대엔 5개 이하의 물건만 올려놓을 것!"

엄마가 갑자기 직업병에 걸린 것 같다며 흥분했다. 그러곤 캔 음료를 벌컥벌컥 들이켰다. 엄마는 예전의 일까지 떠올리며 계속 흥분했다.

엄마는 공인중개사를 준비하면서 한때 가사도우미를 한 적이 있다. 어느 날, 주인집 여자가 엄마에게 못 먹고 버릴 음식을 집에 가져가 먹으라고 했다. 엄마는 그 음식을 집에 가져와서 버렸다. 그러곤 말도 없이 그 집 일을 그만두었다. 엄마는 주인집 여자가 기본도 상식도 없는 인간이라고 했다.

호수에 눈썹달이 비쳤다. 누군가 예쁘게 손톱을 깎아 호수에 던져놓은 것 같았다. 눈썹달을 바라보며 엄마가 말했다.

"보고 싶으면 보면 돼. 이게 기본이야."

엄마가 누구를 보고 싶어 하는지 알 것 같았다.

"내가 먼저 만나자고 할 거야. 내가 한 살이라도 더 많이 먹었잖니."

적당히 건너뛰기 하세요. 한 살은 무슨. 아홉 살이나 더 먹었으면서.

이번엔 내 차례였다. 엄마에게 사과하고 싶었다. 하지만 말이 나오지 않았다. 어른이 아니어도 사과하는 일은 꽤나 힘든 일이었다.

인생의 원리는 간단하다. 잘못을 하면 사과한다. 그게 기본이고 상식이다. 기본을 지키는 일은 어렵지만 일단 지키고 나면 그다음부턴 쉬워진다.

"나도 미안해. 엄말…… 죽였던 거."

나는 목구멍 안에서 날 계속 간질이던 단어를 밖으로 쑥 밀어냈다. 속이 후련해졌다.

전갈과 개구리

　오늘은 엄마가 드디어 전갈을 만나러 가는 날이다. 내게 아버지가 생길지 모른다는 생각에 아침부터 들떠 있었다. 나와 전갈과의 나이 차는 아홉 살. '무려'를 붙여야 하나, '불과'를 붙여야 하나. 아버지라 부르기엔 젊고 형이라 부르기엔 나이가 많다. 그래도 엄마가 사랑한다면? 밀어줘야지 뭐. 세상엔 형 같은 아버지도 있는 법이니까.

　엄마가 화장대 앞에 앉았다. 엄마에게 제안을 했다. 그다지 솔깃할 거란 생각은 안 들었지만.

　"같이 갈까?"

　"왜?"

　"옆 테이블에 앉아 있을게. 맘에 안 들면 신호 줘. 바로 핸드폰 때릴게."

"아들이 또 사고 쳤대요. 경찰서에서 당장 오래요. 이러고 빠져 나오라구?"

"바로 그거야."

"네 맘에 안 들면? 그땐 어쩌구?"

"그 생각은 못했네."

엄마는 화장도 하지 않고 아이크림도 바르지 않았다. 대신 스킨 로션에 자외선 차단 크림만 바르고는 화장대에서 일어섰다. 그리고 마치 마트에 가는 것 같은 수수한 옷차림으로 현관을 나섰다. 소량 계산대에 근무하러 가는 차림이 아닌 마트에 장 보러 가는 차림 말이다. 뭐야. 자신 있다는 거야? 아님 잘 보이길 포기한 거야? 그렇게 보고 싶다면서.

설거지 도중에 핸드폰이 울렸다. 받으려고 보니 내 것이 아니었다. 엄마가 깜박하고 핸드폰을 두고 나간 것이다. 오늘 같은 날 핸드폰을 두고 나가다니 넋이 나갔군.

핸드폰이 계속 울려댔다. 엄마 방으로 들어가 책상 위에 놓여 있는 핸드폰을 받았다. 모르는 번호였지만 발신자가 엄마임을 확신하고.

"환아, 어떡하니. 나 핸드폰 두고 왔어."

"어디야? 갖다 줘?"

"이미 버스 탔어. 중요한 전화 오면 네가 받아."

"알았어."

"아니아니, 받지 마. 그냥 놔둬."

"알았어요!"

핸드폰을 끊고 보니 엄마 책상 위 컴퓨터의 커서가 깜박이고 있었다. 시를 쓰다 나갔나? 미처 끌 새가 없었나 봐. 나는 모니터 화면을 들여다보았다. 엄마의 이메일함이 열려 있었다. 로그아웃도 안 하고 나가다니 정말 제정신이 아니군.

갑자기 악마의 호기심이 일었다. 책상 위에 떡하니 펼쳐진 남의 일기장을 안 본다는 게 말이 되는가. 더구나 남도 아니고 엄만데. 방금 외출해서 들킬 일도 없는데. 엄마가 평소 무슨 생각을 하는지, 누구와 어떤 대화를 나누는지 정도는 아들로서 알고 있는 게 최소한의 도리 아닌가. 게다가 엄마는 허락도 없이 내 방에 들어와 컴퓨터를 켜서 소설을 훔쳐본 적도 있잖아? 이걸로 퉁 치자구.

양심의 가책 따윈 악마에게 던져주고 나는 마우스를 클릭해나갔다. 손가락이 조금 떨리긴 했지만 후회될 정돈 아니었다. 엄마의 메일은 주로 전갈과 주고받은 게 대부분이었고 그게 바로 악마의 호기심이 바라던 바였다.

거봐, 지연옥 여사. 평소에 아주 좁은 인간관계를 자랑한다니까. 그런데 가장 최근 것부터 봐야 하나? 아님 가장 오래전 것부터? 어디부터 봐야 가장 효율적이고 능동적인 재미를 얻을 수 있을까?

나는 따끈따끈한 신프로의 재미를 택했다. 가장 최근 것부터!

아줌마! 정신 차려요!

전갈에게 온 한 줄짜리 전갈이었다. 아니 이게 뭐지? 지금 엄마가 전갈한테 매달리고 있는 건가? 건방진 자식, 연하라고 유세 떠는 거야? 가만, 엄마가 어제 이 메일을 받고 오늘 만나러 간 거잖아?

이번에는 급하게 보낸메일함으로 가 이전 메일을 클릭했다. 엄마가 전갈에게 보낸 메일 목록이 떴다.

연탄재 함부로 차지 말란 말이야. 속에 불씨가 들어 있으면 어쩔래?

아아, 뭣들 하는 거람.

이전 메일을 클릭했다. 여전히 엄마의 메일.

너는 전갈

나는 개구리

네가 무심코 던진 돌에 나는 맞아 죽는다

나는 네가 뱉은 거짓말에 죽어가는 개구리

나는 계획을 변경했다. 가장 오래전 메일부터 읽기로, 그러니까 엄마와 전갈이 메일을 주고받은 순서대로 읽어나가기로. 이젠 신 프로고 재미고 상관없었다. 궁금해서 견딜 수가 없었다.

맨 아래에 있는 메일을 클릭했다. 엄마가 보낸 메일이었다. 심호흡을 하고 나서 두 손바닥을 비볐다. 읽기 전에 뭐라도 해야 할 것 같았다. 그렇게 나만의 의식을 치르고 다시 읽기 시작했다.

이제 전갈 님을 만나고 싶습니다. 우리가 서로의 마음을 확인한 상태에서 더 이상 만남을 미루는 건 무의미하다고 생각해요. 전갈 님을 현실에서 만나는 건 두렵지만, 애아빠가 날 떠난 이유로 전갈 님도 떠날까 봐 겁나지만, 언제까지고 댓글로만 만날 순 없지 않나요?

전갈은 답이 없었다. 시간차를 두고 엄마의 일방적인 이메일이 이어졌다.

전갈 님, 제가 실수했나요?
우린 그냥 온라인상에서 댓글만 주고받는 사이였나요?
그럼 지금부터라도 다시 그렇게 해요.
전갈 님의 오랜 침묵을 어떻게 이해해야 하나요?

전갈, 왜 이렇게 빼고 있는 거야? 엄마가 이렇게까지 애원하는데. 너 참 잔인한 녀석이구나?
다시 이어지는 엄마의 메일.

지옥에서 보내고 있는 한 철

1. 나는 너를 그리워하지도 용서하지도 않을 것이다.
2. 나는 너를 그리워할 것이나 용서하지는 않을 것이다.

3. 나는 너를 그리워하고 용서할 것이다.

추신: 연락 바람.

엄만 자존심도 없어? 더 이상 메일 보내지 마. 그냥 여기서 끝내라고!

나는 다시 받은메일함으로 이동했다. 드디어 전갈의 답장이 눈에 띄었다. 너무 반가워서 눈물이 날 지경이었다. '죄송합니다'란 제목을 클릭하자 장문의 메일이 펼쳐졌다.

무화과 님을 만날 수가 없습니다.
왜냐하면 저는…… 여자이기 때문입니다.

여자……라고? 그럼 지금껏 엄말 속인 거야? 혹시 레즈비언?

내겐 연애 상대가 아니라 대화 상대가 필요했어요. 남자건 여자건.
이제 와 어떤 변명을 한다 해도 용서가 안 되겠지만, 나름의 변명을
하자면 이렇습니다. 누구보다 진실한 대화 상대를 원하면서도 한편
으론 상대방에게 나만의 비밀을 가지고 싶었다면 믿으시겠어요?
제 나이는 스물일곱 맞습니다. 랭보란 시인을 좋아하는 것도 맞고,
세상에서 가장 강한 건 모성이라는 데 동의한 것도 거짓말이 아녔어
요. 그리고 제겐 일곱 살 된 딸아이가 있습니다. 이건 속였다기보다

말 안 한 거예여.

이놈, 아니 이 여자 봐라. 커밍아웃하고는 아예 말투까지 여자로 싹 바꾸네? 가만, 랭보는 동성애자잖아. 네가 랭보를 좋아하는 것도 다 이유가 있었어!

무화과 님의 블로그를 보면서 나만큼 외로운 사람임을 알아봤죠. 실은 같은 미혼모란 처지에 끌렸어요. 저는 낮엔 제과점에서 일하고 저녁엔 제과제빵학원에 다닙니다. 파티시에 자격증을 따서 언젠간 내 이름을 내건 베이커리를 내는 게 꿈이에요. 실은 이것도 속인 게 아니라 일부러 말 안 한 거랍니다…… 혹시 쿠키 좋아하세요?

파티시에…… 쿠키……

사람들은 제가 남잔 줄 알아요. 그래서 남자랑 제대로 연애도 못 해봤어요. 하지만 남자처럼 생겼다고 해서 남잔 아니죠. 외모가 여성스럽다고 해서 여자다운 건 아닌 것처럼.
저야말로 현실에서 무화과 님을 만나는 게 두렵습니다.
아이는 연애의 산물이 아니라 방황의 산물이에요. 지금은 그 산물이 날 더 이상 방황하지 못하게 만드네요. 실은 아이 때문에 죽으려 한 적도 있는데 이젠 아이가 유일하게 사는 이유가 되었어요.
지금 내게 연애는 사치지만, 앞으로도 내게 사치를 누릴 기회가 올지도 의문이지만, 그래도 우린 각자의 거짓말과 오해 속에서 각자의 방식대로 나름 뜨겁게 사귀었다고 생각합니다. 심려를 끼쳐드려서 죄송합니다. 거짓말도요.

그러고 보니 전갈이 이 메일을 보낸 시기는 엄마가 블로그를 닫은 시기랑 일치한다. 전갈과의 댓글놀이를 멈춘 시기.

이제 머릿속으로 모든 게 정리가 되었다. 상처 입은 건 엄만데 사라진 쪽은 전갈이었다. 화가 난 건 엄만데 화를 낸 쪽은 전갈이었다. 전갈이 성별을 속였다는 것. 엄마가 당한 모욕의 정체가 이것이었다. 이게 바로 엄마가 쥐구멍에 숨고 싶다던 개망신의 정체였다. 으으, 나쁜 자식, 아니 여자.

나는 자리에서 일어섰다. 그리고 청소년수련관으로 달려갔다. 그제야 컴퓨터를 안 끄고 나왔음을 깨달았다. 알 게 뭐냐. 원래 켜진 상태였는데.

수련관 농구장에서 공을 넣고 몇 바퀴 돌자 날이 저물었다. 분식점에서 라면을 사 먹고 공원으로 넘어갔다. 공원 자판기에서 캔 음료를 뽑아 마실 때까지 엄마에게선 연락이 없었다. 잘들 노시는군. 이러려고 일부러 핸드폰 안 가져간 거 아냐? 아예 외박까지 하시지 왜.

밤늦게 들어온 엄마에게서 술 냄새는 나지 않았다. 엄마도 전갈도 술꾼은 아닌 모양이었다. 그동안 전갈과 술 해장 메뉴에 대해 블로그에서 나눠왔던 이야기들은 아무래도 뻥인 것 같았다. 하기야 뭔들 뻥이 아니겠어.

술기운도 없이 상기되어 있는 엄마가 야속하기만 했다.

"좋았어?"

"으음…… 좋았지."

"엄마 취향이 그렇게 독특한 줄 몰랐네."

"무슨 뜻이야?"

"전갈은 여자니까. 안 그래?"

엄마가 화들짝 놀랐다.

"어떻게 알았어?"

"왜 말 안 했어? 첨부터 여잔 줄 알고 나갔잖아."

"어떻게 알았냐니까!"

"이메일 훔쳐봤어! 됐어? 아예 나더러 보라고 활짝 열어놓으셨더군. 그렇게 자랑하고 싶었어?"

"에라이 도둑놈아, 남의 집 대문 열렸다고 허락도 없이 막 들어가?"

"여잔 줄 알면서 왜 만났냐고!"

"왜, 여자끼린 만나면 안 된다는 법이라도 있냐?"

"남잔 줄 알고 좋아한 거 아냐?"

"그래!"

"이젠 여자라도 상관없어?"

"그래!"

"그렇게 궁해?"

엄마가 기가 막히다는 표정을 지었다.

"그 말은 좀 성차별주의자 같은 발언으로 들린다. 성차별주의자, 성취향차별주의자, 인종차별주의자. 세상이 온통 차별주의자들로 넘쳐나는데 거기다 너까지 하나 더 보탤래?"

"어우, 차라리 내 앞에서 속 시원히 아우팅을 해! 그럼 더 설득력 있게 들릴지도 몰라."

엄마가 버럭 소릴 질렀다.

"따지려고 만났다, 왜! 나한테 왜 그랬는지, 왜 하필 난지! 근데 너까지 염장을 질러?"

진작 그렇게 말했어야지. 엄마의 눈치를 살피며 물었다.

"그래서…… 따졌어?"

"따지기는 뭘…… 만나서 사과받았으면 됐지."

그걸로 용서가 돼? 그동안 그렇게 마음을 주고도? 지연옥 여사, 엄청 쉬운 아줌마 맞다니까.

"계속 만날 거야?"

엄마는 복잡한 표정을 지었다. 그것은 이미 마음속에서 계속 만나기로 결정한 사람의 표정처럼 보였다.

"전갈은 말하자면, 거짓말하는 인간 중에 유난히 정이 가는 인간이라고나 할까."

엄마는 전갈에 대해 전하길, 지나치게 개성이 강한 얼굴이라고 했다. 그건 달리 해석하면 객관적으로는 예쁘지 않다는 뜻이다.

하기야 남들이 남자로 본다는데, 대체 얼마나 남자같이 생겼으면 그럴까. 전갈이라는 닉네임은 딸이 지어주었다고. 딸의 말이라면 자다가도 벌떡 일어나서 듣는 편이라고 했다. 전갈은 별자리도 말해주었는데 사수자리라고 했다.

또 온라인에선 상당히 유머러스한 사람인 줄 알았는데 실제 만나보니 굉장히 수줍음을 타더라고 했다. 웃을 때도 소리 내서 웃지 않고 입을 가리며 웃는데 그럴 땐 양 볼이 조금씩 빨개진다고.

엄마가 무릎을 쳤다.

"앗차, 이름을 안 물어봤다."

그럼 서로에게 꽃이 되긴 그른 관계네? 이름도 모르는데. 아님 꽃 없이 바로 열매 맺으시게? 그러다 독침에 찔리는 거 아니야?

"주말에 우리 집에 초대했어. 네 얘길 했더니 쿠키 구워서 온다더라. 딸도 같이 오랬는데, 나 잘했지?"

아아아, 뭐 이런 엄마가 다 있냐. 정말이지 나쁜 엄마 같으니라고!

비(非)모전여전

　유리네 동네를 산책했다. 유리네 전원주택 단지는 여전히 산책
코스로도 훌륭했다. 유리네 집 앞을 일부러 지나갔다. 전에 경보
음이 울렸던 담장 아래를 지나가자 가슴이 떨리고 다리가 후들거
렸다. 유리가 보고 싶었다. 나는 여전히, 유리를 그리워하고 있었
다. 당분간 학교에선 볼 수 없으니 집 앞에서라도 우연히 마주치
고 싶었다. 만나면 무슨 말부터 할까? '나 무기정학 먹었어. 그게
어떻게 된 거냐면……' 갑자기 마주치기 전에 피해야겠단 생각이
들었다. 유리네 집 앞에서 잠시 서성거리다 발걸음을 돌렸다.

　퇴근해 들어온 엄마가 서둘러 김치찌개를 끓였다. 엄마랑 늦은
저녁을 먹었다. 엄마는 오늘 들어온 따끈따끈한 소식이라면서 단
풍나무집이 부동산에 매물로 나왔다는 이야기를 전해주었다. 불경

기인 데다가 워낙 고급주택이라 당분간은 팔리지 않을 것 같다고 했다. 그런데 엄마의 사무실과 같은 라인에 위치한 중개사가 그 집에 드나들며 벌써부터 입질과 가격 조정을 시작하고 있다고 했다.

엄마는 그동안 고급주택 거래를 중개하고 싶어 했지만 연립주택이나 전세, 월세처럼 발품을 많이 파는 일로 푼돈을 벌어왔다. 이번 건도 엄마의 차지는 될 수 없었다. 더구나 6개월 영업정지를 먹은 기간이 아닌가.

그 중개사는 평소에 엄마를 경쟁자로 생각해왔다고 했다. 엄마는 한 번도 그녀를 경쟁자라 생각한 적이 없는데도 말이다. 그간의 거래 실적으로 봐선 그녀가 엄마보다 훨씬 성적이 좋은 편이라고 했다. 세상엔 자신보다 못한 사람을 경쟁자로 여기면서 우월감을 느끼는 사람도 있다며 엄마는 고개를 저었다. 중개사 모임에 나가면 유부녀 주제에 엄마보다 더 썸 타기에 혈안이 된다면서 말이다. 사실 엄마는 평소에 그 누구도 경쟁자라 생각하지 않는다. 엄마가 잘나서가 아니라 피곤해서라니깐.

엄마는 오늘 마트의 소량 계산대에서 그 중개사와 우연히 마주쳤다고 했다. 엄마는 그녀가 계산대에 올려놓은 5개 이상의 물건들을 보며 정중하게 말했다.

"여기는 소량 계산대입니다. 다른 계산대로 가시겠어요?"

이 말을 듣고 난 그 중개사의 표정이 어떻게 변했는지는 상상에 맡기겠다며 엄마는 씨익 웃었다. 그러더니 수저로 김치찌개를 급하게 뜨다가 옷에 국물을 흘렸다. 흰색 티셔츠였다.

"이게 뭐니. 하루 더 입으려고 했는데."

"그러게 앞치말 둘렀어야지."

"앞치마 없거든요."

"하나 사. 무슨 아줌마가 앞치마 하나 없냐."

"살 여유가 어딨어? 대출이자 갚느라 완전 개털 됐는데. 김치찌개 먹는 것도 기적인 줄 알아라."

저녁으로 딸랑 김치찌개 하나 만들어주고 '기적'이라고 말하는 엄마가 더 기적이었다. 그러곤 설거지는 항상 내 차지라니까.

"근데 집은 왜 내놨대? 어디로 간대? 이사 갈 곳은 있대?"

"그 집에 관심 있어? 왜 그렇게 꼬치꼬치 물어?"

물론이었다. 그 집에도, 그 집에 사는 한 여자애에게도.

"관심 꺼. 우린 죽었다 깨나도 그런 집에서 못 살아."

나는 김치찌개를 떠서 입에 넣었다. 참을 수가 없었다. 가슴에 통증이 느껴졌다. 얼마 전까지만 해도 떡볶이를 먹을 때만 통증을 느꼈는데, 이젠 매운 걸 먹기만 하면 통증이 느껴졌다.

"아, 왜 이렇게 매워!"

더 이상 참을 수가 없었다. 내가 먼저 전화할 거야. 먼저 사과할 거야. 하루라도 내가 더 나일 먹었잖아. 보고 싶으면 보면 돼. 이 게 기본이야.

내 방으로 들어왔다. 핸드폰을 들고 한동안 유리의 번호를 떠올 리려 애썼다. 유리의 번호는 단축키 1번에 저장되어 있다는 사실 도 잊고 있었다. 나는 단축키 1번을 눌렀다. 유리는 수시로 핸드폰

신호음을 바꾸는데 이번엔 처음 듣는 재즈곡이 흘러나왔다. 유리가 좋아하는 곡인 듯했다. 나도 곧 좋아하게 될 것 같았다. 유리는 전화를 받지 않았다. 기다리는 시간이 현재 유리와 나의 거리처럼 아득하게 느껴졌다. 나는 핸드폰을 다른 손으로 바꿔 쥐고 나서 손바닥에 흥건하게 고인 땀을 내려다봤다. 컵에 받아두었다가 유리에게 보여주고 싶단 생각이 들었다.

그냥 전화를 끊어버릴까? 그래도 내 전화번호는 부재중으로 남겨질 것이다. 나는 유리가 전화를 받을 때까지 차분히 기다렸다. 재즈곡이 다섯 차례 반복된 후에야 유리가 전화를 받았다. 유리인 줄 알고 전화했는데도 막상 유리 목소리가 튀어나오자 화들짝 놀랐다.

"환아……"

평소와 사뭇 다른 유리의 간절한 목소리에 갑자기 말문이 막혔다. '너희 집 내놨다며?' 하고 묻는 건 어쩐지 공인중개사 자식다운 질문 같았다.

"잘 지내?"

"너는?"

모기처럼 가느다란 유리의 목소리가 전화기를 통해 들려왔다. 다시 말문이 막혔다. 실은 나 무기정학 먹었거든.

"나, 약 먹었어……"

불길한 예감이 들었다.

"무슨 약?"

"수면제……"

순간 전화기를 떨어뜨릴 뻔했다.

"거, 거기 어디야?"

"집…… 빨리 좀 와줄래?"

전화를 끊자마자 집을 나섰다. 나는 유리네 집을 향해 미친 듯 달렸다. 유리야, 죽으면 안 돼. 조금만 기다려줘. 조금만. 등줄기에선 땀이, 눈에선 눈물이 주르르 흘러내렸다. 지나가던 사람들이 나를 이상하다는 듯 흘끔댔다. 내가 상관할 바가 아니었다. 당장 유리의 목숨보다 소중한 건 없으니까. 숨이 멎을 정도로 달리자 어느새 유리네 집 앞이었다. 대문은 열려 있었다. 나는 남의 집 대문을 허락도 없이 들어섰다. 가족들은 보이지 않았다. 장미로 둘러싸인 담장 아래 유리가 정물처럼 고꾸라져 있었다. 믿을 수가 없었다. 혹시 나 때문이니? 소문 때문이야? 요즘 성적이 계속 곤두박질쳐서? 난 네가 일부러 틀린 답안지를 낸 게 아닌가 생각했는데. 아님 내가 모르는 너의 또 다른 세계가 있는 거니?

"유리야, 정신 차려!"

콜택시를 부르고 나서 유리를 들쳐 업었다. 택시가 바람처럼 병원을 향해 달렸다. 기사 아저씨가 나와 유리를 번갈아 흘끔댔다. 아저씨에게 지금 이 상황을 설명해줄 여유는 없었다. 나도 모르니까. 응급실에 도착하고서야 비로소 내 신발이 짝짝이임을 깨달았다.

유리가 응급실에서 위세척을 하는 동안 유리 엄마에게 연락을 하고 병원 복도에서 기다렸다. 사색이 된 유리 엄마가 달려왔다.

유리 엄마는 멀리서 볼 때보다는 덜 예뻤지만 그래도 미인이었다. 속눈썹도 길었다. 속눈썹 위로 눈이 내리면 그대로 쌓일 것만 같았다. 그 눈이 한꺼번에 녹으면 눈물이 떨어지는 것 같겠지.

"세상에, 이게 웬 날벼락이니……"

유리 엄마가 기어이 울음을 터뜨렸다. 눈이 한꺼번에 녹기라도 한 것처럼 많은 양의 눈물을 쏟아냈다. 만나자마자 눈물을 보이다니. 첫 대면부터 가까워진 느낌이었다.

"괜찮을 거예요. 걱정하지 마세요."

나는 의사가 해준 말을 그대로 전했다. 뱉고 나니 내가 의사라도 된 것 같았다. 그래서 다시 전했다.

"의사 선생님이 그러는데 괜찮을 거래요. 걱정하지 말래요."

유리 엄마가 안도의 한숨과 함께 신세타령을 쏟아냈다.

"내가 쟤 어떻게 키웠는데. 쟤 위해서라면 뭐든 최고급으로 시켜줬는데. 아닌 말로, 저한테 엄마가 없어? 아빠가 없어? 근데 우울증이라니 말이 돼? 중2 때도 이런 일이 있었어. 그 뒤로 계속 상담을 받았단다. 상담받으면 나아질 줄 알았는데 이게 무슨 꼴이니……"

우울증……이라고? 유리 엄마를 보니, 말이 된다. 평소 유리의 얼굴에 자주 드리워졌던 우울의 그림자들이 비로소 이해가 갔다. 그럼 상담이라는 게 정신과 상담?

갑자기 지난번 무단조퇴하고 유리를 미행했던 병원 건물이 떠올랐다. 아아, 그러고 보니 거긴 산부인과만 있는 게 아니었어.

"기어이 내 가슴에 이렇게 못을 박아? 나쁜 년……"

유리 엄마가 이번엔 내 앞에서 욕설을 퍼부었다. 이젠 아예 허물없는 사이가 된 것 같았다. 응급실에서 아까 그 의사가 나오더니 유리 엄마에게 다가왔다. 의사는 유리가 먹은 건 수면제가 아니라 신경안정제고 치사량을 들이킨 것도 아니니 걱정 말라고 했다. 곧 회복실로 옮길 거라고. 유리 엄마는 "나쁜 년"과 "감사합니다"를 번갈아 내뱉어가며 계속 눈물을 흘렸다. 나는 가볼 데가 있다고 하곤 자리에서 일어섰다.

"얘!"

유리 엄마가 눈물을 닦아내며 나를 불러 세웠다. 내 짝짝이 신발을 보며 웃기까지 했다. 이제 보니 유리 엄마의 긴 속눈썹은 인조 속눈썹 같았다.

"유리한테 페친 잘리지 않으려면 어떻게 해야 되니?"

나는 유리 엄마의 눈 아래로 검게 번진 마스카라 자국을 물끄러미 바라보았다. 그러곤 대답 대신 꾸벅 인사를 하고 병원을 빠져나왔다.

오프라인에서나 따님 잘 챙기세요. 온라인 친구 걱정은 마시고요. 유리야, 너랑 엄만 모전여전이 아니구나. 니네 엄마가 들으면 섭섭하겠지만 넌 엄마랑 닮은 구석이라곤 한 군데도 없는 거 같아.

또 다른 병원을 향해 미친 듯 달렸다. 지난번 유리를 미행했던 병원을 향해. 오늘 내 일진은 '이 병원에서 저 병원을 짝짝이 신발로 미친 듯 달리기'였다.

병원 건물로 들어서자 층별로 표시된 진료 과목에 정신과 간판이 눈에 띄었다. 정신과는 산부인과 위층에 있었다. 이런 젠장……

유리가 여기서 상담을 받았구나. 그날 병원 갔다 온 이야기를 하려 했다는 게 바로 정신과를 말하는 거였구나.

이번엔 접시에 고개를 처박는 게 아니라 아예 머리를 짓찧고 싶었다.

쿠키와 나무

늦은 밤, 설거지를 하고 있다. 쿠키를 담았던 접시와 케이크의 슈크림이 묻은 접시. 너무 늦은 시각이라 최대한 조용히 접시를 닦는 중이다. 이웃에 달그락거리는 소리가 전달되지 않게. 값싸고 평범한 이 접시들은 오늘, 그러니까 불과 몇 시간 전, 태어나서 처음으로 커다란 사치를 누렸다. 자신의 몸뚱이 위에 정성스레 구워진 온갖 종류의 수제 쿠키들을 올려놓았던 것이다.

오늘 전갈이 딸과 함께 우리 집에 다녀갔다. 엄마는 내게 설거지를 맡기고 정류장까지 바래다준다며 전갈을 따라나섰다. 설거지는 끝났는데 엄마는 돌아오지 않는다. 접시들이 적은 걸까, 엄마가 늦는 걸까.

초저녁, 예정된 벨소리가 울렸다. 가슴이 뛰었다. 엄마가 말한

대로 전갈이 우리 집에 쿠키를 구워온 것이다.

내 계획은 문을 열자마자 "울 엄마랑 당신이랑 무슨 관계든, 이젠 끝났어! 이 거짓말쟁이야!"라고 소리치며 전갈 앞에서 쿠키를 발로 짓이겨 산산조각 내는 것이었다. 그래서 쿠키처럼 짓이겨진 전갈의 표정을 한껏 즐기는 거였다.

혹은 "꺼져!"라는 한마디도 괜찮을 것 같았다. "이깟 과자 쪼가리에 내가 넘어갈 인간으로 보여?"라고 덧붙이면서 말이다.

하지만 전갈 앞에서 내가 한 행동은, 나도 모르게 쿠키를 집어 들고 한입에 쏙 넣어버린 것이었다. 향기에 취해 두번째 쿠키를 집어 들었을 때 전갈과 눈이 마주친 순간, 그 눈길엔 나를 찔러 죽일 독침은커녕 한없는 부드러움이 담겨 있단 걸 확인하는 순간, 나는 쿠키 접시에 그대로 얼굴을 파묻고 쥐구멍이라도 찾아 들어가고 싶었다.

전갈은 자신의 표현대로 남자처럼 보이는 외모의 소유자였다. 머리에 핀을 꽂아도 남자처럼 보일 것 같았다. 치마를 입지 않고 온 건 그나마 잘한 일이었다. 보나마나 치마 입은 남자로 보였을 테니까.

전갈의 딸은 내가 문을 열자마자 거실로 퐁 하고 튀어 올라왔다. 그 애가 들어올 때 정말로 퐁 소리가 들렸다. 발걸음이 탁구공처럼 가벼웠으니까. 그 애는 날 보자마자 나무를 좋아하느냐고 물었다. 나는 그렇다고 답했다. 나무를 싫어할 이유는 없었기 때문이다. 그 애는 나무의 어떤 점이 좋으냐고 물었다. 나는 나무에 점이 몇 개 있느냐고 되물으려다 우리가 이런 농담 따먹기를 할 사이는 아닌 것 같아 그만두었다. 그 애는 말했다. 나무는 그늘에서 쉴 수 있기 때문에 좋다고. 듣고 보니 나도 그 점 때문에 나무를 좋아한다는 생각이 들었다. 그 애는 갑자기 내 무릎에 폴싹 앉더니 나무 그늘처럼 편안하다고 말했다. 그리고 미리 준비해온 동화책을 읽어달라고 했다. 『내가 좋아하는 나무』란 책이었다. 암, 아무려면. 도대체가 낯가림이라곤 없는 애였다. 그 애의 나무 이야기는 여기서 그치지 않았다.

"봄철엔 중국에서 황사 바람이 불어오는데 이럴 땐 어떻게 대처하면 되게?" 하고 퀴즈를 내고는 내가 모른다고 하기도 전에 "나무를 심으면 돼" 한다거나, "나 어린이집에서 무슨 반이게? 새싹반, 잎새반, 꽃반, 열매반, 나무반" 하고 질문하더니 내 답을 기다리지도 않고 곧장 "나무반!" 하고 말해주었다. 심지어 "잎이 넓은 나무는 1년에 몇 톤의 먼지를 빨아들이게?" 하며 당장 내가 대답할 수 없는 제법 유식한 질문까지 해댔다.

'못생긴 나무가 선산을 지킨다'는, 본인도 그 뜻을 절대 모를 거라 짐작되는 속담까지 입에 올릴 땐, 귀여운 게 아니라 징그럽다는 느낌이 들 정도였다.

'황사'라든지 '대처' '톤' '선산'처럼 같은 또래의 아이들은 잘 모르는 어려운 단어나 속담을 벌써부터 거침없이 구사하는 걸 보면 아무래도 될성부른 나무 같았다. 정말이지 생긴 건 꽃봉오리처럼 귀여운 애가 저녁 내내 지치지도 않고 나무 이야기만 해댔다.

이것이 오늘 저녁, 전갈과 전갈의 딸인 그 애와의 첫 만남에서 있었던 일이다. 나는 심술궂은 방해자의 눈빛으로 호시탐탐 엄마와 전갈을 주시했다는 것도 추가해둔다. 시시각각 전갈의 점수를 깎기 위해 노력했다는 것도.

부끄럽지만 한 가지 더 추가해야겠다. 그 애는 집에 가기 전 현관에서 고개를 돌리며 "내가 제일 좋아하는 나무는?" 하고 물었다. 나는 얼결에 "단풍나무!"라고 답했다. 어처구니없는 실수를 했다는 생각이 드는 순간, 그 애가 "정답!" 하며 나를 향해 두 손바닥을 활짝 벌렸다. 자기 이름은 '솔이'지만 소나무보다 단풍나무를 더 좋아한다면서 말이다. 아아, 나도 모르게 그 애에게 다가가 짝 소리가 나게 하이파이브를 한 것이 후회스러울 뿐이다.

자려고 내 방으로 들어가려는데 현관문이 열렸다. 전갈과 딸을 배웅하고 온 엄마가 말했다.

"우리, 합치기로 했다."

"뭐? 누구랑?"

우리라니? 설마, 전갈이랑 딸은 아니겠지.

"전갈이랑 딸이랑."

"아니 왜!"

"집주인이 계약 기간 끝났다고 전세금 천을 올려달랜대. 근데 돈이 없단다. 그래서 합치자 그랬지. 천만 원이 누구 집 개 이름인 줄 아나……"

"그런다고 합쳐? 제정신이야?"

"우리도 곧 전세 기간 끝나 가잖아. 전세금 합쳐서 여기보다 조금이라도 넓은 데로 가면 좋지 않겠니? 적어도 빨래 널 베란다는 있는 데로 가자."

아니 뭐 이런…… 나랑 상의도 없이 일방적인 통보를…… 엄마, 정말 내 엄마 맞아?

전갈, 너 꽃뱀이지? 그렇담 사람 잘못 찍었어. 우리 엄마 완전 개털이라구, 이 뻔뻔한 애 딸린 남자 같은 꽃뱀 레즈비언아!

새로운 고민이 시작되었다. 정말로 전갈이 처음부터 의도적으로 엄마한테 접근한 건 아닐까? 분명한 건 지연옥 여사는 세상에서 가장 이기적이고 일방적인 나쁜 엄마란 사실.

비긴 어게인

쌔액쌔액, 유리가 고른 숨을 내쉬며 자고 있다. 유리의 팔로 링거액이 똑똑 떨어진다. 약을 먹을 때 유리가 흘렸을 눈물 같다. 오늘이 퇴원이라고 해서 장미꽃 다발을 준비해왔다. 유리를 닮은 꽃 장미. 유리는 잠자는 숲 속의 얼음공주 같다. 저 얼굴에 입을 맞추면 어떻게 될까? 상상만으로도 얼굴이 붉어진다. 에라이, 도둑놈 같으니. 자는 사람에게 키스하면 도둑 키스야.

"너 뭐니?"

헉, 유리의 목소리였다.

"깼……어?"

"너 왜 여깄어?"

"그, 그게…… 내가 널 병원에 데려왔잖아."

"이 시간에 학교 안 가고 왜 여깄냐고."

"나 무기정학 먹었잖아."

유리가 풋 웃었다.

"제법이네. 그런 것도 먹을 줄 알고."

"유리야······"

나는 유리의 눈치를 보면서 조심스레 물었다.

"왜 약 먹은 거야?"

"살려고 먹은 거야. 죽으려고 먹은 게 아니고."

유리가 자리에서 일어나 침대 벽에 기대어 앉았다. 나는 유리의
등에 베개를 받쳐주었다.

"약은 어디서 났어?"

"정신과 상담받고 나서 약 처방받을 때마다 안 먹고 모아둔 거
야. 너 그거 아니? 자신이 원하는 걸 얻기 위해선 때론 목숨 걸고
투쟁해야 한다는 거. 나, 상담도 끊고 과외도 끊고 싶었거든."

"그렇다고 목숨을 걸어?"

"결국 소원대로 됐잖아. 목숨 건 바람에."

그럼 중2 땐 왜 그랬니? 그때도 목숨 걸고 얻어야 할 무엇이 있
었던 거야?

"이참에 엄마랑 페친도 끊을 거야."

나는 손을 내저었다.

"유리야, 그건 남겨두는 게 어떠니?"

"왜?"

"싫은 일을 한꺼번에 다 끊으면 재밌는 일만 남잖아. 그럼 재밌

는 일도 싫어지지 않을까?"

유리가 코웃음 쳤다.

"흥, 웃기시네."

안 그래도 니네 엄마한테 문자로 알려드렸거든. 너한테 페친 잘리지 않는 방법. 페북은 한 달에 한 번만 다녀갈 것. 댓글은 6개월에 한 번만 남길 것. 댓글엔 절대 감정을 싣지 말 것. 그리고 답장도 받았어. '고맙다…… 나쁜 년.' 니네 엄마가 너더러 나쁜 년이래.

"……너희 집 내놨다며?"

"응. 엄마가 그동안 그 집에서 산 게 순전히 나 때문이래."

"왜?"

"내 어린 시절만큼은 전원주택에서 보내게 하고 싶었대나. 이젠다 컸으니까 아파트로 간대. 그동안 그 집 관리하느라 너무 힘들었대."

"설마 강남으로 가려는 거야?"

"그럼 엄마가 나 내신 떨어진다고 바들바들 떨걸. 길 건너 새로짓는 아파트 단지로 갈 거야."

뭐야, 그럼 우리 집이랑 더 가까워지잖아. 속으로 앗싸, 하고 외쳤다.

"아파트로 이사 가면 개는 어떻게 키워?"

"개? 무슨 개?"

"니네, 골든 레트리버 키우잖아. 그 동네 지나가다 봤는데."

"아아, 골든 레트리버? 친척 오빠가 여름방학 때 잠시 데리고 온 거야. 그 오빠네 마당이 좁아서 우리 집에서 며칠 뛰어놀게 하려고."

"그 오빠가 친오빠 아니었어?"

"나 참, 지나가다 자세히두 봤다."

"어떻게 되는 친척인데?"

"아 몰라. 사돈의 팔촌인가 보지."

유리가 버럭 소릴 질렀다.

"야! 너 스토커지?"

"아니, 그게 아니라……"

"쫄기는."

머릿속에서 정리가 되고 있었다. 유리네 가족은 새아빠, 엄마, 유리, 세 사람뿐이었다. 유리에겐 친오빠도 개도 없었다.

유리가 물었다.

"환아, 인간에겐 얼마만 한 크기의 집이 필요한지 아니?"

"글쎄? 크면 클수록 좋지 않을까?"

"땡! 발 뻗고 잘 수 있을 정도면 돼. 나, 그 집이 너무 커서 겨울에 엄청 떨고 살았거든. 엄마가 분당 만 원짜리 과외 받으려면 난방비라도 절약해야 된대서."

그럴 리가. 밖에서 보기엔 파라다이스 같았는데. 집이란 크기보다 온도가 중요한 건가?

유리와 나 사이엔 분명 무언가가 '통하고' 있었다. 그게 무엇인지 확실히 알 것 같았다. 나는 전부터 유리에게 하고 싶었던 말을 드디어 꺼냈다.

"우리 다시 시작하자."

"뭘?"

"뭐든."

"언제 시작이나 했었니?"

"유리야, 실은 너한테 할 말 있어."

"뭔데? 빨랑 해봐. 엄마 올 때 됐어."

"너한테 진심으로 애아뽀으 할게. 받아줄래?"

"애아뽀으?"

"APPLE, 사과."

나는 장미꽃 다발을 내밀었다. 잠에서 깬 숲 속의 얼음공주가 꽃다발을 받아들고 향기를 맡기 시작했다.

사랑은 그런 게 아니야

전갈의 이사 날짜가 다가오고 있다. 아니, 우리의 이사 날짜다. 최근 부쩍 휴일만 오면 어디든 달아나고 싶어졌다. 엄마에게 말도 않고 아침 일찍 집을 나와 청소년수련관으로 향했다. 휴일에 갈 데가 고작 청소년수련관뿐이라니 헛웃음이 나왔다. 이대로 가출해 버릴까? 엄마 가슴에 못 하나는 박을 수 있을까?

청소년수련관 운동장에서 혼자 농구를 하는데 엄마가 찾아왔다. 전화도 없이. 내가 여기 있는 줄은 어떻게 알았담. 내가 싫어하는 '뛰어봤자 벼룩'이라는 속담이 떠올라 속이 더 꼬였다.

엄마가 날 달래듯 말했다.

"그냥 편하게 생각해. 룸메이트 생긴다고. 아님 쿠키 굽는 엄만 어때? 그거 니 소원 아니었니?"

"어째서 전갈이 내 엄마야? 나한텐 엄마가 있는데!"

"그럼 날 아빠라고 생각하면 되잖아! 언젠 내가 네 아빠 노릇 안 했냐?"

참 편리하게도 갖다 붙이시네. 좀 있으면 전갈 딸을 자기 딸이라 부르겠어.

나는 골대를 향해 농구공을 힘껏 던졌다. 공은 반항하듯 골대 가장자리에 쾅! 부딪치곤 아래로 곤두박질쳤다. 엄마가 농구공을 집어 들었다.

"환아, 솔직히 나는 이 일이 도덕적으로도 올바른 일이라고 생각해."

"엄마랑 전갈이랑 같이 사는 게 뭐가 도덕적이라는 거야?"

"우린 버림받았거든. 사회로부터. 사랑하는 사람으로부터. 버림받은 사람들끼리 함께 살겠다는데 누가 뭐래니? 그리고 둘만 사는 게 아냐. 우리 네 사람 다 같이 함께 사는 거지."

나는 고개를 저었다. 이건 아니야. 처음부터 내가 원한 건 가족이었단 말야. 아버지가 남자고, 엄마가 여자인 정상적인 가족.

엄마가 내 속을 읽은 듯 말을 이어갔다.

"도덕적으로 올바른 인간이 되기 위해선 도덕을 따르는 것보다 깨는 게 중요해. 아빠는 남자, 엄마는 여자, 이런 공식을 강요하는 사회는 그럼 도덕적이니?"

엄마는, 산다는 건 타인과 관계를 맺는 것이고, 여기서 중요한 건 새로운 관계를 맺는 데 있는 것이라 했다. 또 인간은 서로 도우며 살아가는 존재인데, 여자끼린 더욱 그래야 한다고. 그러면서 짐짓 약한 표정을 지었다. 어쩐지 냄새가 났다. 말은 날 위하는 것처럼 들렸지만 엄마 자신을 위한 행동 같았으니까.

"혹시, 사랑해?"

너무 감상적이고 등신 같은 질문을 던졌다는 후회가 들었지만 돌이킬 순 없었다. 그렇다고 동정이냐고 물을 수도 없었다. 그런 감정이라면 일찌감치 개한테 줘버렸을 테니까.

엄마는 그 사람을 보기도 전에 사랑했는데, 보고 나서 사랑하지 않겠다는 건 사랑에 대한 예의에 어긋난다고 했다. 이건 채팅으로 사랑을 맹세한 뒤 만나서 외모를 보곤 맘에 들지 않는다고 차버리는 경우와 같은 거라고. 이런 맹세는 개맹세며, 자신은 개맹세를 하는 인간은 되기 싫다고 했다.

나는 소리를 질렀다.

"이건 폭력이야!"

"그래? 어디 한번 맞아봐라."

엄마가 내 등짝을 쳤다. 소리에 비해 아프진 않았지만 소리 때문에 아프게 느껴졌다.

"지난번에 전갈이 나랑 헤어지면서 그러더라. 우리가 더 이상 만나는 건 무리라고."

"그래서?"

"내가 그랬지. 우리가 동성인 이유로 헤어져야 한다면, 그런 쩨쩨한 이유로 헤어져야 한다면……"

"한다면?"

"헤어지지 말자 그랬지. 아주 사정을 했다, 얘. 나이 어리다고 유세를 떨어요."

"그래서?"

"뭐가 자꾸 그래서야."

"그렇다고 왜 우리랑 살아! 갈 데가 그렇게 없대?"

한껏 약을 올렸다는 듯 엄마가 비로소 사실을 털어놓았다. 엄마는 전갈을 처음 만난 날, 전갈에게 새로운 제안을 했다고 한다. 우리, 앞으로 피차 연애는 그른 것 같으니 좋은 친구로 남는 게 어떻겠느냐고. 그런데 얼마 전 마침 전세 기간이 끝나간단 말을 듣곤 살림을 합치자는 제안을 했다는 것이다.

전갈은 처음엔 엄마의 제안을 거절했다고 한다. 여기서 정리하는 게 낫겠다고. 그러나 엄마는 전갈의 이별 제안을 받아들이지 않았다. 엄마는 집요한 설득 작전에 나섰고 결과는 성공이었다. 엄마의 작전은 간단했다. 모성애에 호소하는 방법을 택한 것이다. 모성애에 호소한다는 건 정말이지 전갈에게 있어 거절 못할 제안이었다. 지난날, 온라인 만남에서 모성애에 관한 한 서로 깊은 공감을 나눈 사이가 아닌가?

엄마는 우리가 함께 살게 되면 앞으로 딸의 독서지도를 해주겠다고 제안했다. 아이의 미래를 위해선 초딩이 되기 전부터 꾸준한 독서지도가 필요하다고 살살 꼬드겼다. 이제 초등학교 입학을 앞둔 딸이 밤마다 제빵학원에 다니는 엄마를 집에서 혼자 기다리는 걸 원하냐고. 밤늦은 시간, 집에서 홀로 엄마를 기다리는 아이들은 도둑의 표적이 된다고. 마침 준비된 독서지도 선생도 있는데 망설일 게 뭐가 있느냐고 말이다.

아니, 엄마가 언제, 어디서 독서 선생을 구했단 말인가?

"독서 선생이 누군데?"

"누굴까? 생각해봐."

나는 과장되게 어깨를 들썩였다.

"나?"

"그럼 너 말고 누가 있니? 너 시간 많잖아. 심심한데 잘됐지 뭐."

엄마는 너무도 당연하다는 표정을 짓곤 먼저 청소년수련관을 나섰다. 남자인 줄 알고 온라인에서 연애한 상대를 단숨에 가족으로 만들겠다니. 엄마의 행동을 이해할 수 없었다. 아니, 이해해주기 싫었다. 나는 오래도록 엄마의 뒷모습을 노려보았다. 지금 당장은 뒤통수가 따갑도록 노려보는 것 외에는 달리 복수할 방법이 없으니깐.

아무리 내가 무기정학 먹었다고 이런 식으로 이용을 해? 여전히 이기적이고 일방적인 나쁜 엄마 같으니……

어울리는 것과 그럴듯한 것

무기정학 기간이 끝났다. 엄마는 여전히 마트의 소량 계산대에서 일하고 있다. 나는 학교로 돌아왔지만 엄마는 조만간 공인중개사로 복귀할지 말지 아직 결정하지 못했다. 복귀를 한다 해도, 양손을 들어 환영해줄 누군가가 기다리고 있는 건 아니었다.

아침 일찍 학교로 향했다. 짱의 왼팔을 제외한 일진회 애들이 여전히 선도부를 하고 있었다. 주전자 사건 이후로 나는 더 이상 점심시간에 짱의 왼팔에게 물을 떠다 주지 않는다. 무기정학 기간이라 학교에 올 수 없었기 때문이다.

교복 상의의 첫 단추를 풀었다. 두번째, 세번째 단추도 풀었다. 내친김에 눈빛도 풀었다. 거울에 내 모습을 비춰 보고 싶었으나 미루어 짐작할 수밖에 없었다. 짱이 나를 외면하자 나머지 애들도 따라 했다. 짐작대로 무사히 교문을 통과했다. 앞으로도 점심시간에 짱의 왼팔에게 물을 떠다 주지 않아도 될 것 같았다.

점심시간에 유리와 밥을 먹었다. 일진회 애들이 밥을 먹으면서 우릴 계속 흘금거렸다. 짱의 왼팔은 보이지 않았다. 나와 짱, 짱과 유리의 시선이 차례대로 맞부딪혔다.

유리가 짱을 노려보았다. 짱의 고개가 저절로 숙여졌다. 눈빛 하나로 사람이 저렇게 풀이 죽을 수도 있다는 걸 유리는 증명해 보였다. 눈빛 하나로 나는 직감했다. 둘은 한때 사귄 적이 있다는 걸. 누가 퍼트렸건 헛소문은 둘의 관계를 깨뜨리는 계기도 되었을 것이다.

짱은 묵묵히 젓가락으로 감자볶음을 집어 입으로 가져갔다. 짱의 젓가락이 가늘게 떨렸다. 감자볶음이 식탁 위로 떨어졌다. 짱의 오른팔이 식탁 위에 떨어진 감자볶음을 잽싸게 손으로 집어 입에 쏙 집어넣었다. 다른 애들이 짱의 실수를 보기 전에 먹어치우겠단 의도 같았다. 초딩 때부터 지금껏 날 괴롭힌 애들의 공통점을 발견했다. 비위가 좋다는 것.

강유리빠를 탈퇴한 애들도 우릴 흘금거렸다. 탈퇴 사유 중에는 레즈비언이 임신해서 배신감을 느꼈다는 아이도 있었다. 더 정확히 말하면 성정체성에 대한 배신이라나. 또 다른 탈퇴 사유로는 레즈비언이 임신해서 멋있다고 생각했는데 헛소문으로 밝혀져 배신감을 느꼈다는 애들도 있었다.

치맛단은 대놓고 유리를 째려봤다. 자신의 눈빛에선 아무런 포스도 느껴지지 않는다는 사실을 모르고 있는 것 같았다. 치맛단의 바람에도 불구하고 유리는 단 한 순간도 치맛단에게 눈길을 주지 않았다.

치맛단이 식사를 마치고 자리에서 일어서는 순간, 유리도 자리에서 일어섰다. 그러곤 치맛단을 향해 걸어가더니 앞을 막아섰다. 괜스레 내 가슴이 조마조마해졌다. 유리야, 밥 먹다 말고 왜 그래! 유리에게 눈빛을 보냈지만 지금 유리의 관심사는 내가 아니었다.

유리가 치맛단 앞에서 조용히 무릎을 꿇었다. 치맛단에게 사과할 일이라도 있나 보다 생각했다. 그러나 치맛단의 얼굴에 두려움이 스쳐가는 것을 보고 곧 내 생각을 거둬들였다. 그리고……

그 일은 너무나 순식간에 일어났다. 도둑 키스였다. 유리가 갑자기 치맛단에게 기습 키스를 한 것이다. 입술이 아니라 허벅지에 대고 말이다. 치맛단의 치마가 너무 짧아서 들어 올릴 필요는 없었다.

"아악!"

치맛단이 비명을 질렀다. 식당에 있던 아이들은 탄성을 질렀다. 아이들은 이 장면을 미처 스마트폰으로 촬영하지 못한 것을 후회했다. 치맛단의 허벅지에 선명하게 찍힌 키스 자국을 찍을 수 있었는데 말이다.

치맛단의 눈에 이슬이 맺혔다. 그러곤 유리를 원망스레 노려봤지만 여전히 포스는 느껴지지 않았다.

"너, 너 미쳤니?"

"미친 건 너지. 이제 그 키스 돌려줄게. 니가 화장실 벽에 낙서

한 거짓말 키스."

아이들이 놀란 표정으로 치맛단을 바라보았다. 치맛단의 얼굴
이 붉어지더니 식당 밖으로 뒷걸음칠 쳤다. 뒷걸음질 속도는 앞으
로 달리는 것보다 더 빨랐다. 덕분에 치맛단은 아이들이 자신을
향해 "우우" 하고 야유하는 소리를 듣지 못했다.

자리로 돌아온 유리가 제안했다.

"우리 내일도 점심 같이 먹을까?"

"그……으래."

태연함을 가장했지만 내 목소리는 조금 떨렸다. 나처럼 평범한
남자애가 과연 유리처럼 개성 강한 애를 감당할 수 있을까, 우리
가 과연 어울릴까 하는 두려움에서였다…… 물론이다. 이미 오래
전에 주사위는 던져졌다.

"모레도."

"그러자."

나는 금세 평정을 찾고 씩씩하게 답했다. 운명의 주사위가 날
도와준 것이다.

"그다음 날도."

"좋은 생각이야. 근데 그날은 놀톤데?"

"네가 도시락 싸 와."

간만에 학교에 왔는데 전혀 어색하지 않았다. 유리가 분위기를
연출해준 덕분이었다.

우리는 식판의 밥을 남기지 않고 다 먹었다. 유리와의 점심은

내가 18년 동안 먹어온 점심 중에 가장 맛있었다.

식판을 배식대에 갖다 준 다음 셀프로 물 마시는 줄에 섰다. 짱의 왼팔이 오더니 내 뒤에 줄을 섰다. 뒤통수가 좀 가려웠지만 양보할 맘은 없었다. 우리는 차례대로 물을 마신 뒤 식당을 나섰다. 유리는 짱의 왼팔이 얼마 전 일진회에서 쫓겨났다는 말을 해주었다. 입이 너무 가벼워서 짱의 눈 밖에 났다는 게 이유였다.

또 유리는 내가 그동안 그렇게도 묻고 싶었던 이야기를 자진해서 해주었다. 너무나 궁금했지만 유리에게 한 번도 물어보지 않았던 이야기 말이다.

유리가 한때나마 일진짱을 좋아했던 이유는 '선도부'여서가 아니라 '짱'이었기 때문이고, '머리' 대신 '주먹'을 썼기 때문이라고 했다. 그리고 짱을 좋아했던 바로 그 이유로 인해 짱이 싫어졌다고 했다.

유리가 짱과 사귀었을지도 모른다는 직감이 짱을 좋아했었다는 기정 사실로 드러나자 가슴에 통증이 느껴졌다. 매운 걸 먹지 않았는데도. 어떤 사람을 좋아했던 이유로 인해 그 사람이 싫어진다면 그건 사랑이 아니다. 그렇다면 유리는 짱을 사랑한 적이 없는 것이다. 내 맘대로 해석하고 나니 맘이 한결 편해졌다.

우리는 나란히 운동장을 걸었다. 누가 봐도 예쁜 유리와 평범하게 생긴 내가 어울릴 거란 생각은 안 들었다. 그래도 기분은 그럴듯했다.

"네 소설 말이야. 다음번엔 우리 이야길 써봐."

나는 고개를 끄덕였다.

"그래. 그렇게."

"처음은 처음답고 중간은 중간답고 결말은 결말답게."

유리가 찡긋 윙크했다. 정말이지 유리는…… 갈수록 좋아지는 애다. 처음보다 지금이 더 좋다. 입안에서 빠빠빠가 맴돌았다. 맹세코 나는 죽을 때까지 강유리빠빠빠빠가 될 테다!

"유리야, 나 드라마 대본 안 써도 되지?"

"드라마 대본? 갑자기 그게 무슨 말이야?"

"전에 그랬잖아. 김수현 좋아한다고."

"배우?"

"아니, 드라마 작가 말야. 예술적인 복수 어쩌구 하면서 좋다고 했잖아."

"나 그런 말 한 적 없는데? 예술적인 복수는 또 무슨 뜻이니?"

유리가 정말 모르겠단 표정을 지었다. 치맛단이 내게 거짓 정보를 흘린 게 확실해졌다. 피자값이 허공으로 날아갔지만 유리와의 발전 가능성은 아주 많이, 그것도 매우 희망적인 상태로 남아 있었다. 유리가 나를 향해 미소를 지었다. 처음에 차디차게만 느껴졌던 얼음공주의 미소는 이제 겨울왕국을 통째로 녹이고도 남을 만큼 따뜻했다.

유리야, 과거에 우리는 이렇게 시작했어. 처음엔 네 마음을 얻으려고 나 혼자만의 진도를 나갔지. 그리고 너에 대한 의심으로 우리의 만남은 시작하자마자 결말을 맞았어. 중간은 완전 생략돼

버렸고.

소설의 구조란 처음 - 중간 - 끝의 순서대로 가는 게 아니야. 발단 - 전개 - 위기 - 절정 - 결말의 순서대로 진행되는 것도 아니고. 즉, 처음부터 절정이 찾아올 수도 있고, 시작과 동시에 결말이 날 수도 있어. 위기 없이 끝장을 낼 수도 있고, 끝장을 낸 다음 새로 시작할 수도 있어.

수많은 시행착오를 겪고 나서 새로 쓰는 우리 이야기. 이제부터 정말 흥미진진해질 거 같지 않니?

유리가 내 손을 잡았다. 다음번엔 어깨동무로 우리의 거리를 더욱 좁힐 수 있을 거라 생각하자 행복해졌다. 나는 유리를 잡은 손에 힘을 주었다. 우리는 돌아서서 교정을 뒤로 하고 걸었다. 그러자 지나온 길이 한눈에 보였다. 갑자기 모든 사물과 세상이 다르게 보이기 시작했다.

그럴듯하게 어울리는 것

　고3이 되었다. 유리는 정글 같은 사교육 시장을 탈퇴했다. 강유리빠를 탈퇴한 애들은 고3이 되자마자 사교육 시장 대열에 앞 다투어 편입했다. 일진짱은 자퇴했다. 짱의 꼰대는 후원회장을 사퇴했다. 사퇴하는 날, 트럭을 불러 학교에 후원했던 피아노와 교정의 벤치를 싣고 갔다. 인부 두 명이 따라왔다. 교정의 붙박이 벤치를 뜯기 위해 동원된 인부였다.

　짱의 오른팔이 일진회 새 짱이 되었다. 치맛단은 새 짱의 공식적인 여친이 되었다. 새 짱은 전 짱이 내신 때문에 검정고시를 보려고 자퇴했다는 소문을 냈다. 새 짱은 치맛단이 레즈비언이 아니라는 소문도 같이 냈다. 치맛단이 유리에게 품었던 감정은 여학생이면 누구나 가질 수 있는 한때의 호기심이었다는 것이다. 치맛단에 대한 소문은 아이들의 관심을 끌지 못했다. 소문의 주인공이 되기엔 포스가 약했기 때문이다.

　나는 지난해 무기정학 기간 동안 쓴 소설 「세 가지 소원」을 청소년 문예지 소설 공모전에 제출했다. 그리고 문예창작학과에 수시접수 원서를 냈다. 소설을 쓰는 동안 담임에게는 물론 누구에게도 말하지 않았다. 무기정학 기간엔 학교에 나올 수 없었기 때문이다.

　「세 가지 소원」을 탈고한 날 밤, 나는 컴퓨터에 얼굴을 파묻고 소리 없이 웃었다. 울음 대신이었다. 그러자 갑자기 훌쩍 자랐다는 생각이 들었다.

　「세 가지 소원」은 아버지, 쿠키 굽는 엄마, 예쁜 여친을 갖는 게 소원인 한 평범한 고등학생의 이야기다. 미혼모의 아들인 이 고등학생은 엄마 때문에 깨나 골치를 썩는다. 미혼모 엄마는 똑똑하고 잘난 엄마표 교육을 시키는 세상의 다른 엄마들과는 완전 다른, 소위 나쁜 엄마다. 그러니까 나와 엄마를 모델로 썼다는 말씀. 주변의 소재나 인물도 글을 쓰는 데 가장 훌륭한 제재가 될 수 있다고 누군가 말했었나? 아무도 이런 말을 하지 않았다면 내가 처음 한 거고, 누군가가 이미 했다면 고마운 거고.

　고2 때 담임인 국어를 복도에서 마주쳤다. 체육과 밖에서 고기로 점심식사를 하고 왔는지 나란히 이에 이쑤시개가 걸려 있었다.

　"너 이번에 문창과 수시접수 했다며?"

　담임이 너무 반갑게 아는 척을 하는 바람에 이쑤시개가 복도에 떨어졌다. 이제 이쑤시개를 물고 아무 생각 없이 고개를 위로 쳐드는 일 따윈 하지 않기로 작정한 모양이었다. 담임이 내 머리를 한 번 쓰다듬더니 체육에게 어깨를 으쓱해보였다.

"내가 문예부에서 키운 제자거든."

무기정학 당할 때 문예부도 자동 탈퇴했으므로 담임이 날 키웠다고는 할 수 없었다. 담임은 그동안 문예부에서 나뿐 아니라 그 어떤 학생도 키우지 못했다.

담임이 내 등을 두들겼다. 그리고 귓속말을 했다.

"작년에 내가 널 퇴학시키자는 게 본심이었겠냐? 내가 미리 세게 나오니까 학교에서 그나마 무기정학을 때린 거지. 안 그래?"

나는 피식 웃었다. 암요, 감사합니다. 덕분에 소설 한 편을 썼어요.

인사를 하고 돌아서려는 데 담임이 날 다시 불러 세웠다.

"그런데 너희 어머니가 10년째 읽고 계신다는 소설 제목이 뭐냐?"

나는 잠시 머뭇거렸다. 가르쳐줄까 말까.

"『모비 딕』(허먼 멜빌의 소설)이요."

"짜~식."

담임이 만족스럽다는 듯 씨익 웃었다. 『모비 딕』에서 소설의 구조에 관해 내가 말했던 구절을 찾으려면 망망대해에서 고래 찾기가 될 거다. 그와 똑같은 문장은 없으니까.

엄마가 집들이를 하겠다며 친구를 초대하라고 했다. 드디어 유리를 엄마에게 정식으로 소개할 때가 온 것이다. 그렇다. 우리는 얼마 전 새로운 전셋집으로 다 함께 이사했다—여기서 '우리'는 엄마, 전갈, 나, 전갈 딸 '솔이'를 말한다. 새로운 전셋집엔 전갈이 빼온 전세금이 합해졌다. 새로운 전셋집엔 낡은 것들이 많았다. 낡은 벽지, 장판, 전기 스위치, 수도꼭지, 샤워기…… 그래도 빨래를 널 작은 베란다가 있어 더 이상 빨래에 음식 냄새가 배는 일은 없어졌다.

전갈이 쿠키는 물론이고 직접 만든 케이크까지 내놓았다. 그동안 전갈은 내게 온갖 종류의 쿠키를 만들어주었다. 파티시에 자격증을 따기 위한 연습용 쿠키였지만 팔아도 손색이 없을 정도로 맛있었다. 파티시에…… 예나 지금이나 발음만으로도 우아하고 멋지다.

어느 날부턴가 나는 서서히 전갈에게 동화되어가기 시작했고, 전갈이 만들어주는 쿠키에 갑자기 중독되어버렸다. 어쩜 쿠키에 담긴 '진심'에 중독된 것인지도 모른다. 그만큼 전갈이 만들어준 쿠키는 냄새가 아주 향기로웠으니까. 그리고 전갈이 좋아졌다. 헤밍웨이의 소설 『태양은 다시 떠오른다』에 나오는 한 구절처럼, '서서히 그러다 갑자기.'

나는 전갈이 만들어준 쿠키 중에 무화과 쿠키를 가장 좋아한다. 한입 베어 물 때마다 입안에서 무화과씨가 터지는 느낌이 좋기 때문이다.

엄마가 집들이에 초대되어 온 유리를 보며 예쁘다고 말했다.

"누구네 집 딸인데 이렇게 예쁘니?" 하고 묻는 걸 보면 유리가 아직도 단풍나무집 딸인 걸 모르나 보다. 전세가가 치솟고 매매는 실종되고 있는 탓에 유리네 집은 아직 팔리지 않고 있다.

엄마는 술만 들어가면 자기가 이 집의 가장이라며 아빠라 부르라고 우긴다. 술도 잘 못 마시는 주제에. 그럴 때면 여동생—솔이를 말한다—은 엄마에게 "아빠!"라고 부르며 무릎에 가 앉고, 전갈은 입을 가리고 웃곤 한다.

전갈이 우리와 함께 살게 된 후, 엄마와 전갈은 서로의 애정사에 관여하면서 연애 코치까지 해주는 사이가 되었다.

"언닌 그래서 남잘 못 만나는 거야."

"넌 그러니까 연앨 못하는 거야."

"방법을 바꿔봐."

"연구 좀 하라니까!"

이런 연애 코치도 코치라고 할 수 있을지 모르겠지만 말이다. 분명한 변화가 있다면 엄마가 다시 시를 쓰기 시작했다는 건데, 이젠 엄마와 전갈이 엄마의 시를 놓고 다투는 일까지 생겼다.

"은유라고, 은유! 왜 그렇게 이해를 못하니?"

"언니 혼자만 이해하면 뭐해! 설명하려 들면 이미 실패한 시야, 안 그래?"

그날 엄마는 얼굴이 붉으락푸르락해져서 방으로 들어가 버렸는데, 솔이가 쫓아 들어가 엄마를 위로하는 바람에 3분 만에 웃는 얼굴로 다시 나왔다는 걸 밝혀둔다.

파티가 끝날 무렵 엄마가 마트에서 정식 직원 제안을 받았다고 전했다. 4대 보험이 되고 보너스도 받는 정식 직원 말이다. 아무렇지도 않다는 표정을 가장한 칭찬받고 싶은 얼굴이었다. 전갈이 어떻게 할 생각이냐고 물었다. 엄마는 "가족하고 상의한 뒤 결정해야겠지?" 하고 답했다. 이 대목에서 잠시 침묵이 흘렀다. 다들 감동 먹은 듯했다. 엄마는 자신에게 어울리지 않을 거라 생각했던 일을 6개월 동안 그럴듯하게 해낸 것이다.

유리가 날 부러운 눈초리로 바라봤다. 이렇게 잘 어울리는 가족은 정말 간만에 본다고 했다. 우리가 잘 어울리는 가족이라니, 기분이 아주 그럴듯했다. 나는 무화과 쿠키 하나를 집어 들곤 입에 넣었다. 입안에서 톡톡, 무화과씨가 터졌다.

오늘의 교훈

놀토에 엄마와 단둘이 북한산에 올라갔다. 같이 가기로 약속했
던 전갈은 오지 못했다. 솔이와 동시에 감기에 걸린 것이다. 엄마
는 모녀가 세트로 여름에 '개'도 안 걸리는 감기에 걸렸다고 투덜
댔다. 그러고 보니 최근엔 엄마의 두번째 십팔번 소리——'외롭다'
는 말——를 들은 적이 없는 것 같다. 첫번째 십팔번 소리는 꾸준히
듣고 있지만.

올라가는 길에 한 그루의 소나무 앞에서 멈춰 섰다. 소나무는
발치에 시원한 그늘을 드리우고 있었다. 등산객들이 그늘 아래서
숨을 고르며 물을 마시고 있었다.

나는 단풍나무를 찾기 위해 고개를 두리번거렸다. 지척에 단풍
나무가 보였다. 단풍나무는 채 물들지 않은 단풍잎을 드리우며 서
있었다. 나는 잰걸음으로 단풍나무를 향해 다가갔다. 그러곤 솔이

에게 주려고 단풍잎을 따기 시작했다. 엄마가 예쁜 놈으로만 고르는 내 모습을 보곤 사춘기 문학소녀 같다며 놀려댔다.

정상에 오르자 엄마가 먼저 야호! 하고 외쳤다. 나도 따라 야호!를 외쳤다. 엄마의 목소리가 저렇게 큰지 몰랐다. 반대편에서 우리 목소리가 씩씩하게 합창의 메아리가 되어 돌아왔다. 아주 오래전부터 아버지랑 해보고 싶은 일이었지만 엄마랑 해도 나쁘지 않았다. 진작 해보았어도 괜찮을 뻔했다.

엄마와 눈이 마주쳤다. 엄마가 내 속을 읽었는지 눈을 찡긋했다. 눈가에 자글자글 잔주름이 가득했다. 갑자기 콧날이 시큰거렸다. 나는 엄마와 노래방에 가고 싶다고 했다. 엄마가 알겠다고 했다. 우리는 사이좋은 부자처럼 나란히 어깨동무를 했다. 엄마가 내 어깨를 툭, 쳤다. 나도 엄마의 어깨를 툭, 쳤다. 우리는 천천히 산에서 내려오기 시작했다.

행복해질 수 없는 부류의 인간이라 하더라도 소원을 갖지 말란 법은 없다. 내 소원은 여전히 아버지, 쿠키 굽는 엄마, 예쁜 여친이다. 아직 세 가지 소원을 다 이루진 못했지만 분명한 건 행복해졌다는 사실.

동화엔 소시지를 코에 붙였다 떼었다 하는 세 가지 소원을 이루고 나서 불행해지는 사람이 있지만,* 현실에선 세 가지 소원을 다 이루지 못하고도 행복해진 나 같은 사람이 있는 것이다.

행복해졌지만 지금부터가 더 중요하다. 여기가 시작이고 출발
점이니까.

· 오늘의 교훈 ·

행복해질 수 없는 부류의 인간은 없다.

누가 내게 지금껏 살아오면서 가장 잘한 일 세 가지를 꼽으라면 나는 주저 없이 이렇게 답하겠다.

내 어머니의 딸로 태어난 것.

내 아들의 엄마가 된 것.

소설 『나쁜 엄마』를 쓴 것.

그리고 영화 「디 아워스The hours」의 한 인물처럼 이렇게 말하리라. '이 일은 선택이 아니라 숙명'이었다고.

청소년 시절, 나는 집을 뛰쳐나갔고 학교 밖으로 튕겨 나갔다. 수없이 후회하며 무너지고 깨지고 아파했다. 그럼에도 나는 여전히 그 시절을 그리워한다. 돌아갈 수 없어서가 아니라 온통 이루지 못한 꿈들로 채워져 있었으므로.

『나쁜 엄마』가 독자들의 마음에 가닿는다면, 그것은 순전히 내가 그리워하는 시절에 꾸었던 꿈 덕분이다.

작가의 말이란 감사의 말이다. 순간에 감히 영원을 맹세하련다. 내 평생(!)의 스승이신 심민화 선생님과 소설가로 닮고 싶은 이인성 선생님께 마음 깊이 감사드린다. 이분들께 나의 진심이 닿지 않았다면 『나쁜 엄마』는 세상과 만나지 못했을 것이다.

더불어 문지푸른책의 든든한 박지현 편집장님과 김가영 님, 그리고 변치 않을 나의 소나무 M에게도!

나는 일종의 나쁜 엄마이며 앞으로도 소설만 쓰는 나쁜 엄마로 살 것이다. 나는 삶에서 바라는 것들이 아주 많아질 것이고, 그것들을 오로지 꿈으로만 간직하기 위해 내 삶은 아주 오래도록 간절해질 것이다.

이 소설에서 인용한 작품

38쪽 김지하의 시 「무화과」(『애린』, 실천문학사, 1986) 전문을 실음.

41쪽 독창적인 시 세계를 구축하고 파란만장한 삶을 산 프랑스의 천재 시인 장 니콜라 아르튀르 랭보(1854~1891)의 대표작. 동성 연인이었던 베를렌과 함께한 자전적 체험이 바탕이 되었다.

66쪽 프랑스의 초현실주의 시인 기욤 아폴리네르(1880~1918)의 작품. "미라보 다리 아래 센 강이 흐르고"로 시작하는 「미라보 다리」는 1913년 출간된 시집 『알코올』에 실려 있다.

67쪽

* 김수영(1921~1968)의 대표작 「풀」을 인용한 것. 원문은 "풀이 눕는다/바람보다도 더 빨리 눕는다/바람보다도 더 빨리 울고/바람보다 먼저 일어난다"이다.
** 미국이 낳은 가장 위대한 시인으로 인정받고 있는 월트 휘트먼(1819~1892)은 미국 문학에서 영향력 있는 작가 중 한 사람이다. 1855년에 발표한 시집 『풀잎』은 그의 대표작이다.

196쪽 옛이야기 중 하나로 그림 형제의 판본이 가장 많이 알려져 있다. 요정은 자신을 구해준 가난한 나무꾼에게 세 가지 소원을 들어주겠다고 한다. 무슨 소원을 빌까 고민하던 나무꾼은 배가 고파진 나머지 소시지가 먹고 싶다며 첫번째 소원을 허무하게 써버린다. 아내가 어리석은 남편을 보며 코에 소시지가 붙어버렸으면 좋겠다고 말하자 그대로 이루어진다. 결국 부부는 남편의 코에 붙은 소시지가 떨어지게 해달라며 마지막 소원을 써버리고, 남은 소시지를 요리해 먹는다.